50 crônicas escolhidas

RUBEM BRAGA

crônicas escolhidas

Seleção e prefácio • Gustavo Henrique Tuna

São Paulo
2021

1ª Edição, Global Editora, São Paulo 2021

Jefferson L. Alves — diretor editorial
Gustavo Henrique Tuna — gerente editorial
André Seffrin — coordenação editorial
Flávio Samuel — gerente de produção
Juliana Campoi — coordenadora editorial
Thalita Moiseieff Pieroni e Luciana Chagas — revisão
Fabio Augusto Ramos — projeto gráfico e capa

DADOS INTERNACIONAIS DE CATALOGAÇÃO NA PUBLICAÇÃO (CIP)
(CÂMARA BRASILEIRA DO LIVRO, SP, BRASIL)

Braga, Rubem, 1913-1990
50 crônicas escolhidas / Rubem Braga ; seleção e prefácio
Gustavo Henrique Tuna. — 1. ed. — São Paulo : Global Editora, 2021

ISBN 978-65-5612-140-6

1. Crônicas brasileiras I. Tuna, Gustavo Henrique . II. Título.

21-67954 CDD-B869.8

Índices para catálogo sistemático:
1. Crônicas : Literatura brasileira B869.3
Aline Graziele Benitez - Bibliotecária - CRB-1/3129

Obra atualizada conforme o
NOVO ACORDO ORTOGRÁFICO DA LÍNGUA PORTUGUESA

Global Editora e Distribuidora Ltda.
Rua Pirapitingui, 111 — Liberdade
CEP 01508-020 — São Paulo — SP
Tel.: (11) 3277-7999
e-mail: global@globaleditora.com.br

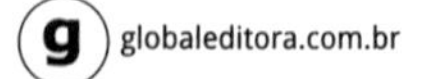 

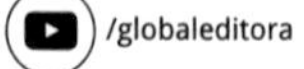 

Nº de Catálogo: **4481**

SUMÁRIO

O cronista dos subúrbios da alma —
Gustavo Henrique Tuna 7

Almoço mineiro 13
Sentimento do mar 15
Mar 18
Aula de inglês 20
Passeio à infância 23
A companhia dos amigos 25
Um pé de milho 27
Biribuva 28
Histórias de Zig 33
A visita do casal 38
Nascem varões 40
Os jornais 43
Manifesto 45
Conversa de compra de passarinho 47
Os embrulhos do Rio 49
Os amantes 51
A borboleta amarela 54
O mato 58
Homem no mar 60
Recado ao senhor 903 62
Lembranças 64
Um sonho de simplicidade 66
Mãe 68
A feira 71
A nenhuma chamarás Aldebarã 73

Lembranças 75
Velhas cartas 77
Na fazenda do Frade 79
Nós, imperadores sem baleias 81
O poeta 83
Buchada de carneiro 85
Não ameis à distância! 87
Os amigos na praia 89
As pitangueiras d'antanho 91
As meninas 93
Meu ideal seria escrever... 95
Às duas horas da tarde de domingo 97
Uma certa americana 99
Ai de ti, Copacabana! 101
História triste de tuim 103
Bilhete a um candidato 106
Os trovões de antigamente 108
A palavra 110
A minha glória literária 111
Apareceu um canário 113
Negócio de menino 115
Meu professor Bandeira 117
Recado de primavera 119
Faço questão do córrego 120
Viver sem Mariana é impossível 122

Origem das crônicas 125
Sobre o autor 126
Sobre o selecionador 127

O CRONISTA DOS SUBÚRBIOS DA ALMA

Em entrevista concedida ao jornal *O Estado de S. Paulo* em outubro de 1987, Rubem Braga arriscaria, com a despretensão que era uma de suas marcas, uma sincera avaliação sobre sua prosa: "Como se vê pela minha carreira de jornalista, nunca pretendi fazer uma obra literária, nunca planejei sequer um livro. Todos os meus livros são seleção de minhas crônicas de uma certa época. Nessa seleção elimino as que são demasiado ligadas a assuntos do momento, principalmente políticos e econômicos, e escolho as que me parecem ter algum interesse literário e que por isso envelhecem menos depressa." Os anos sucedem, e hoje temos o privilégio de constatar que a literatura continua se transformando e se renovando, assim como as crônicas de Rubem seguem vencendo com insuperável naturalidade a travessia do tempo.

Quando tinha apenas 15 anos de idade, Rubem publicou suas primeiras crônicas no jornal capixaba *Correio do Sul*, fundado por seus irmãos Jerônimo e Armando, em Cachoeiro de Itapemirim, cidade em que nasceu. Ao longo de sua extensa trajetória profissional, atuou em diversos veículos de imprensa como repórter e correspondente, preservando, contudo, a crônica como atividade ininterrupta, em virtude da qual era intensamente procurado por jornais e revistas de vários cantos do país. Declarava não se sentir à vontade para escrever um romance e chegou a publicar um livro com versos de sua autoria, pelo qual não cultivou especial apreço, apesar de ter sido desde sempre um fervoroso leitor e entusiasta da poesia. Como bem observou Antonio Candido, na geração dos grandes escritores da literatura moderna brasileira do século XX, Rubem notabilizou-se como o único que se dedicaria quase que exclusivamente à crônica.

E qual seria o misterioso segredo da perenidade dos textos de Rubem Braga entre nós? Muitos estudiosos vêm se dedicando a encontrar caminhos que nos permitam acompanhar as rotas percorridas pelo cronista em sua fantástica jornada literária, uma viagem que acabaria por encantar a todos nós. Talvez o traço distintivo da trilha por ele seguida seja a adoção da empatia em suas narrativas. Em sua prosa voltada sempre ao cotidiano, Rubem não fica à margem da matéria humana. Sua opção natural, na verdade, é embrenhar-se nela. Para conceber seus textos, exercita com incomum destreza o gesto de posicionar-se no lugar daquilo que seleciona. Seja quando aborda os desencontros do coração, seja ao registrar a suave existência de um passarinho, seja para flagrar o que há de relevante numa cena de rua, o cronista lança-se no âmago daquilo que vê ou lhe contam, jamais empregando pretenso distanciamento do que narra.

O volume das *50 crônicas escolhidas* de Rubem Braga saiu pela primeira vez em 1951, pela Livraria José Olympio Editora. O livro congregava uma seleção realizada pelo próprio autor e teve como base o conjunto de textos por ele escritos até aquela circunstância. Em 2010, as Edições BestBolso trouxeram o título *50 crônicas escolhidas* de volta às estantes, porém com nova seleção assinada por Mário Feijó. Em sua coletânea, Feijó tomou como referência as *200 crônicas escolhidas* de Rubem Braga, obra na qual o próprio escritor reuniu seus melhores textos produzidos entre 1935 e 1977. A presente antologia, por seu turno, difere das anteriores e amplia seu arco temporal. Esta coletânea busca igualmente contemplar crônicas de livros de Rubem Braga publicados após esse período, como *Recado de primavera* (1984), *As boas coisas da vida* (1988), *Um cartão de Paris* (1997) e *O poeta e outras crônicas de literatura e vida* (2017).

Dado o fato de a suprema qualidade de seus textos ser uma constante, a tarefa de pinçar de sua vasta produção um conjunto de 50 crônicas assemelha-se à do homem que, em plena época de colheita, assume o desafio de colher os frutos e flores mais inteiros e viçosos: ele certamente trará muitas espécies de rara beleza deixando, contudo, outras tantas igualmente à espera de serem apanhadas. Pois assim é o conjunto das crônicas de Rubem Braga: uma safra de textos de primeira cepa que revela a excelência de sua prosa.

Nesta seleção figuram, como não poderia deixar de ser, algumas das memórias de Rubem sobre sua infância e adolescência. Destacam-se ainda suas ternas observações sobre plantas e bichos, habitantes do mundo natural pelo qual sempre devotou grande admiração. A vida nos centros urbanos, com seu corre-corre, seus desencontros e injustiças de variada ordem, também não escapa da lente do nosso grande cronista. E, em meio ao caos que assola o dia a dia na modernidade,

Rubem Braga concedeu o devido relevo às relações fraternas que brotam e são cultivadas como formas naturais de resistência à rispidez social. São igualmente sublimes, e frequentemente dotadas de fina ironia, as reflexões em que pontua aqui e ali as particularidades de seu trabalho de cronista, chegando a avaliar como um "imprudente ofício" o seu, por lidar com o desafio diário de "viver em voz alta". As dores e delícias que as aventuras do coração reservam aos que experimentam o amor também emergem de suas crônicas, algumas apaixonadas, outras embebidas em maior dose de humor, todas invariavelmente inspiradoras como uma bela noite de luar.

Optou-se nesta antologia por dispor os textos em ordem cronológica. O propósito foi o de proporcionar aos leitores o exercício de caminhar pelas crônicas de Rubem Braga acompanhando a experiência do próprio autor, que, em seu ofício diário, transitou, observou e narrou de maneira superior os subúrbios da alma humana.

Gustavo Henrique Tuna

50 crônicas escolhidas

ALMOÇO MINEIRO

Éramos dezesseis, incluindo quatro automóveis, uma charrete, três diplomatas, dois jornalistas, um capitão-tenente da Marinha, um tenente-coronel da Força Pública, um empresário do cassino, um prefeito, uma senhora loura e três morenas, dois oficiais de gabinete, uma criança de colo e outra de fita cor-de-rosa que se fazia acompanhar de uma boneca.

Falamos de vários assuntos inconfessáveis. Depois de alguns minutos de debates ficou assentado que Poços de Caldas é uma linda cidade. Também se deliberou, depois de ouvidos vários oradores, que estava um dia muito bonito. A palestra foi decaindo, então, para assuntos muito escabrosos: discutiu-se até política. Depois que uma senhora paulista e outra carioca trocaram ideias a respeito do separatismo, um cavalheiro ergueu um brinde ao Brasil. Logo se levantaram outros, que, infelizmente, não nos foi possível anotar, em vista de estarmos situados na extremidade da mesa. Pelo entusiasmo reinante supomos que foram brindados o soldado desconhecido, as tardes de outono, as flores dos vergéis, os proletários armênios e as pessoas presentes. O certo é que um preto fazia funcionar a sua harmônica, ou talvez a sua concertina, com bastante sentimento. Seu Nhonhô cantou ao violão com a pureza e a operosidade inerentes a um velho funcionário municipal.

Mas nós todos sentíamos, no fundo do coração, que nada tinha importância, nem a Força Pública, nem o violão de seu Nhonhô, nem mesmo as águas sulfurosas. Acima de tudo pairava o divino lombo de porco com tutu de feijão. O lombo era macio e tão suave que todos imaginamos que o seu primitivo dono devia ser um porco extremamente gentil, expoente da mais fina flor da espiritualidade suína. O tutu era um tutu honesto, forte, poderoso, saudável.

É inútil dizer qualquer coisa a respeito dos torresmos. Eram torresmos trigueiros como a doce amada de Salomão, alguns louros, outros mulatos. Uns estavam molinhos, quase simples gordura. Outros eram duros e enroscados, com dois ou três fios.

Havia arroz sem colorau, couve e pão. Sobre a toalha havia também copos cheios de vinho ou de água mineral, sorrisos, manchas de sol e a frescura do vento que sussurrava nas árvores. E no fim de tudo houve fotografias. É possível que nesse intervalo tenhamos esquecido uma encantadora linguiça de porco e talvez um pouco de farofa. Que importa? O lombo era o essencial, e a sua essência era sublime. Por fora era escuro, com tons de ouro. A faca penetrava nele tão docemente como a alma de uma virgem pura entra no céu. A polpa se abria, levemente enfibrada, muito branquinha, desse branco leitoso e doce que têm certas nuvens às quatro e meia da tarde, na primavera. O gosto era de um salgado distante e de uma ternura quase musical. Era um gosto indefinível e puríssimo, como se o lombo fosse lombinho da orelha de um anjo louro. Os torresmos davam uma nota marítima, salgados e excitantes da saliva. O tutu tinha o sabor que deve ter, para uma criança que fosse *gourmet* de todas as terras, a terra virgem recolhida muito longe do solo, sob um prado cheio de flores, terra com um perfume vegetal diluído mas uniforme. E do prato inteiro, onde havia um ameno jogo de cores cuja nota mais viva era o verde molhado da couve — do prato inteiro, que fumegava suavemente, subia para a nossa alma um encanto abençoado de coisas simples e boas.

Era o encanto de Minas.

São Paulo, 1934

SENTIMENTO DO MAR

Passo pela padaria miserável e vejo se já tem pão fresco. As jogadas e os camarões estão aqui. Está aqui a garrafa de cachaça. Você vai mesmo? Pensei que fosse brincadeira sua.

Arranja um chapéu de palha. Hoje vai fazer sol quente. Andamos na madrugada escura. Vamos calados, com os pés rangendo na areia. Vem por aqui, aí tem espinhos. Os mosquitos do mangue estão dormindo. Vem. Arrasto a canoa para dentro da água. A água está fria. Ainda é quase noite... O remo está úmido de sereno, sujo de areia. Senta ali na proa, virada para mim. Olha a água suja no fundo da canoa. Põe os pés em cima da poita. Eu estou dentro d'água até os joelhos, empurro a canoa e salto para dentro. Uma espumarada de onda fria bate na minha cara. Remo depressa, por causa da arrebentação. Fica sentada, não tem medo não. Firma aí. Segura dos lados. Não se mexa! Firme! Ôôôôi... Quase! Outra onda dá um balanço forte e joga um pouco de água dentro do barco. Estou remando em pé, curvado para a direita, com esforço. A outra onda passa mansa, mansa, a proa bate n'água e avança. O remo está frio nas minhas mãos. Eu o mergulhei dentro d'água para limpar a areia. A água que escorre molha as mangas de meu paletó. O mar está muito calmo. Esse ventinho que está vindo e passando em seus cabelos é o vento da terra. O terral vem de longe, lá do meio da terra, dos matos dormentes atrás dos morros. Vem da terra escura para o mar escuro. Nós iremos com ele.

Levantei a vela encardida. O meu leme está quebrado, mas tenho o remo. Vamos um pouco beirando a praia para o norte. Agora o ventinho nos pega. A vela treme feito mulher beijada. Fica túmida feito mulher beijada. Às vezes, a força do vento diminui um pouco, e ela bambeia, amolece, feito mulher possuída. Olha lá a sua casa. Não está vendo, não? O pão está bom? Se você comer todo agora, vai ficar com fome lá fora. Me dá essa cuia, vou tirar a água da canoa. Raspo o fundo do barco, onde o cheiro forte e enjoado da maresia, esse cheiro que eu amo, embebeu para sempre o lenho. Viro um pouco a vela, sento, e passo o remo para a esquerda. O leme, assim como está, ajuda. Vamos cortando a água maciamente... A água está cinza, escura, pesada, como óleo. O balanceio nos leva. A praia pobre ficou lá longe, com luzinhas piscando. Estamos quietos, e ela rói o pão olhando a água. A água fala alguma coisa ao batelão, lambendo seu corpo, numa ternura de velha amiga com velho amigo.

Ela está quase deitada. O frio do fim da noite, o ar cheio de água, com um cheiro úmido, me faz abrir as narinas, apaga o meu sono. Na penumbra imensa seus cabelos parecem úmidos sobre a testa morena. Nós avançamos no bamboleio manso, conversando com moleza. A sua voz me vem, atravessando o vento fraco, entre a voz da água na beira da canoa. Seu corpo, na proa, sobe e desce no horizonte... Ela está virada para mim. Contempla lá atrás a terra que vai morrendo no escuro, que é apenas um vago debrum sujo além da água. Eu olho a água. Tenho vontade de beijar a água. Beijar de leve a flor salgada da água, depois beijar com lábios úmidos, com pureza, de manso, aquela boca sob os olhos negros, sob a testa morena. Mas isso é apenas um desejo à toa sem força nenhuma, um desejo que sabe que veio à toa e que vai à toa.

Acendo um cigarro e pergunto:

— Você quer fumar?

A minha amiga não fuma, e ri. Ri muito, como se eu tivesse ficado triste muito tempo e de repente tivesse dito uma coisa engraçadíssima. Ri... Seu riso quebra, parte, destrói o encanto molengo da madrugada. É como se estivéssemos em terra e, por exemplo, fizesse sol, em uma tarde comum, ou nós andássemos depressa pela rua. Seu riso rasga a calma do mar escuro, como se o mar não estivesse soluçando sob a canoa.

Uma claridade pastosa, débil, vem lá do fundo sobre o qual o seu corpo deitado se balança. E nós conversamos animadamente, como se estivéssemos em um bonde, fôssemos a um cinema. Não estamos sozinhos no mundo, em uma canoa no meio do mar. A nossa vida não é apenas esta velha canoa, esta vela encardida e pequena, este remo úmido. Somos gente da terra, sem nenhuma evasão nem mistério. Conversamos. Eu conto histórias do mar, como se fosse um velho pescador. Ela me interrompe para contar uma coisa — uma coisa terrena, acontecida na terra, dentro de uma casa na terra, com lâmpada elétrica, onde os homens se atormentam. E eu ouço, me interesso. Desci a vela.

Vou remando, remando tão bestamente como se os músculos de quem rema não tivessem alma, como se a água rompida pelo remo não tivesse músculos e alma, como se eu jamais tivesse sentido pulsar, nas minhas veias rolando ondas, a vertigem calma do mar. Remo, não há mais encanto nenhum. Tudo vai clareando no ar e na água. Remarei, pescarei. Pedirei a ela que se levante para que eu possa descer a pedra pela proa, até sentir bater na lama. Pescarei. Se ela estiver cansada, se ela achar cacete, voltarei para terra conversando. Ela achará cacete. Ela é da terra, está viciada pela terra, e não poderia lhe ensinar meu sentimento. Meu sentimento é inútil, eu converso conversas da terra com essa filha da terra. Eu pescarei e assobiarei um samba. Eu remarei para a terra logo que ela estiver cansada do mar.

Rio, janeiro, 1935

MAR

A primeira vez que vi o mar eu não estava sozinho. Estava no meio de um bando enorme de meninos. Nós tínhamos viajado para ver o mar. No meio de nós havia apenas um menino que já o tinha visto. Ele nos contava que havia três espécies de mar: o mar mesmo, a maré, que é menor que o mar, e a marola, que é menor que a maré. Logo a gente fazia ideia de um lago enorme e duas lagoas. Mas o menino explicava que não. O mar entrava pela maré e a maré entrava pela marola. A marola vinha e voltava. A maré enchia e vasava. O mar às vezes tinha espuma e às vezes não tinha. Isso perturbava ainda mais a imagem. Três lagoas mexendo, esvaziando e enchendo, com uns rios no meio, às vezes uma porção de espumas, tudo isso muito salgado, azul, com ventos.

Fomos ver o mar. Era de manhã, fazia sol. De repente houve um grito: o mar! Era qualquer coisa de largo, de inesperado. Estava bem verde perto da terra, e mais longe estava azul. Nós todos gritamos, numa gritaria infernal, e saímos correndo para o lado do mar. As ondas batiam nas pedras e jogavam espuma que brilhava ao sol. Ondas grandes, cheias, que explodiam com barulho. Ficamos ali parados, com a respiração apressada, vendo o mar...

Depois o mar entrou na minha infância e tomou conta de uma adolescência toda, com seu cheiro bom, os seus ventos, suas chuvas, seus peixes, seu barulho, sua grande e espantosa beleza. Um menino de calças curtas, pernas queimadas pelo sol, cabelos cheios de sal, chapéu de palha. Um menino que pescava e que passava horas e horas dentro da canoa, longe da terra, atrás de uma bobagem qualquer — como aquela caravela de franjas azuis que boiava e afundava e que, afinal, queimou a sua mão... Um rapaz de quatorze ou quinze anos que nas noites de lua cheia, quando a maré baixa e descobre tudo e a praia é imensa, ia na praia sentar numa canoa, entrar numa roda, amar perdidamente, eternamente, alguém que passava pelo areal branco e dava boa-noite... Que andava longas horas pela praia infinita para catar conchas e búzios crespos e conversava com os pescadores que consertavam as redes. Um menino que levava na canoa um pedaço de pão e um livro, e voltava sem estudar nada, com vontade de dizer uma porção de coisas que não sabia dizer — que ainda não sabe dizer.

Mar maior que a terra, mar do primeiro amor, mar dos pobres pescadores maratimbas, mar das cantigas do catambá, mar das festas, mar terrível daquela morte que nos assustou, mar das tempestades de repente, mar do alto e mar da praia, mar de pedra e mar do mangue... A primeira vez que saí sozinho numa canoa parecia ter montado num cavalo bravo e bom, senti força e perigo, senti orgulho de embicar numa onda um segundo antes da arrebentação. A primeira vez que estive quase morrendo afogado, quando a água batia na minha cara e a corrente do "arrieiro" me puxava para fora, não gritei nem fiz gestos de socorro; lutei sozinho, cresci dentro de mim mesmo. Mar suave e oleoso, lambendo o batelão. Mar dos peixes estranhos, mar virando a canoa, mar das pescarias noturnas de camarão para isca. Mar diário e enorme, ocupando toda a vida, uma vida de bamboleio de canoa, de paciência, de força, de sacrifício sem finalidade, de perigo sem sentido, de lirismo, de energia; grande e perigoso mar fabricando um homem...

Este homem esqueceu, grande mar, muita coisa que aprendeu contigo. Este homem tem andado por aí, ora aflito, ora chateado, dispersivo, fraco, sem paciência, mais corajoso que audacioso, incapaz de ficar parado e incapaz de fazer qualquer coisa, gastando-se como se gasta um cigarro. Este homem esqueceu muita coisa, mas há muita coisa que ele aprendeu contigo e que não esqueceu, que ficou, obscura e forte, dentro dele, no seu peito. Mar, este homem pode ser um mau filho, mas ele é teu filho, é um dos teus, e ainda pode comparecer diante de ti gritando, sem glória, mas sem remorso, como naquela manhã em que ficamos parados, respirando depressa, perante as grandes ondas que arrebentavam — um punhado de meninos vendo pela primeira vez o mar...

Santos, julho, 1938

AULA DE INGLÊS

— *Is this an elephant?*

Minha tendência imediata foi responder que não; mas a gente não deve se deixar levar pelo primeiro impulso. Um rápido olhar que lancei à professora bastou para ver que ela falava com seriedade, e tinha o ar de quem propõe um grave problema. Em vista disso, examinei com a maior atenção o objeto que ela me apresentava.

Não tinha nenhuma tromba visível, de onde uma pessoa leviana poderia concluir às pressas que não se tratava de um elefante. Mas se tirarmos a tromba a um elefante, nem por isso deixa ele de ser um elefante; e mesmo que morra em consequência da brutal operação, continua a ser um elefante; continua, pois um elefante morto é, em princípio, tão elefante como qualquer outro. Refletindo nisso, lembrei-me de averiguar se aquilo tinha quatro patas, quatro grossas patas, como costumam ter os elefantes. Não tinha. Tampouco consegui descobrir o pequeno rabo que caracteriza o grande animal e que, às vezes, como já notei em um circo, ele costuma abanar com uma graça infantil.

Terminadas as minhas observações, voltei-me para a professora e disse convictamente:

— *No, it's not!*

Ela soltou um pequeno suspiro, satisfeita: a demora de minha resposta a havia deixado apreensiva. Imediatamente me perguntou:

— *Is it a book?*

Sorri da pergunta: tenho vivido uma parte de minha vida no meio de livros, conheço livros, lido com livros, sou capaz de distinguir um livro à primeira vista no meio de quaisquer outros objetos, sejam eles garrafas, tijolos ou cerejas maduras — sejam quais forem. Aquilo não era um livro, e mesmo supondo que houvesse livros encadernados em louça, aquilo não seria um deles: não parecia de modo algum um livro. Minha resposta demorou no máximo dois segundos:

— *No, it's not!*

Tive o prazer de vê-la novamente satisfeita — mas só por alguns segundos. Aquela mulher era um desses espíritos insaciáveis que estão sempre a se propor questões, e se debruçam com uma curiosidade aflita sobre a natureza das coisas.

— *Is it a handkerchief?*

Fiquei muito perturbado com essa pergunta. Para dizer a verdade, não sabia o que poderia ser um *handkerchief*; talvez fosse hipoteca... Não, hipoteca não. Por que haveria de ser hipoteca? *Handkerchief!* Era uma palavra sem a menor sombra de dúvida antipática; talvez fosse chefe de serviço ou relógio de pulso ou ainda, e muito provavelmente, enxaqueca. Fosse como fosse, respondi impávido:

— *No, it's not!*

Minhas palavras soaram alto, com certa violência, pois me repugnava admitir que aquilo ou qualquer outra coisa nos meus arredores pudesse ser um *handkerchief*.

Ela então voltou a fazer uma pergunta. Desta vez, porém, a pergunta foi precedida de um certo olhar em que havia uma luz de malícia, uma espécie de insinuação, um longínquo toque de desafio. Sua voz era mais lenta que das outras vezes; não sou completamente ignorante em psicologia feminina, e antes dela abrir a boca eu já tinha a certeza de que se tratava de uma pergunta decisiva.

— *Is it an ashtray?*

Uma grande alegria me inundou a alma. Em primeiro lugar porque eu sei o que é um *ashtray*: um *ashtray* é um cinzeiro. Em segundo lugar porque, fitando o objeto que ela me apresentava, notei uma extraordinária semelhança entre ele e um *ashtray*. Sim. Era um objeto de louça de forma oval, com cerca de treze centímetros de comprimento.

As bordas eram da altura aproximada de um centímetro, e nelas havia reentrâncias curvas — duas ou três — na parte superior. Na depressão central, uma espécie de bacia delimitada por essas bordas, havia um pequeno pedaço de cigarro fumado (uma bagana) e, aqui e ali, cinzas esparsas, além de um palito de fósforos já riscado. Respondi:

— *Yes!*

O que sucedeu então foi indescritível. A boa senhora teve o rosto completamente iluminado por uma onda de alegria; os olhos brilhavam — vitória! vitória! — e um largo sorriso desabrochou rapidamente nos lábios havia pouco franzidos pela meditação triste e inquieta. Ergueu-se um pouco da cadeira e não se pôde impedir de estender o braço e me bater no ombro, ao mesmo tempo que exclamava, muito excitada:

— *Very well! Very well!*

Sou um homem de natural tímido, e ainda mais no lidar com mulheres. A efusão com que ela festejava minha vitória me perturbou; tive um susto, senti vergonha e muito orgulho.

Retirei-me imensamente satisfeito daquela primeira aula; andei na rua com passo firme e ao ver, na vitrine de uma loja, alguns belos cachimbos ingleses, tive mesmo a tentação de comprar um. Certamente teria entabulado uma longa conversação com o embaixador britânico, se o encontrasse naquele momento. Eu tiraria o cachimbo da boca e lhe diria:

— *It's not an ashtray!*

E ele na certa ficaria muito satisfeito por ver que eu sabia falar inglês, pois deve ser sempre agradável a um embaixador ver que sua língua natal começa a ser versada pelas pessoas de boa-fé do país junto a cujo governo é acreditado.

Maio, 1945

PASSEIO À INFÂNCIA

Primeiro vamos lá embaixo no córrego; pegaremos dois pequenos carás dourados. E como faz calor, veja, os lagostins saem da toca. Quer ir de batelão, na ilha, comer ingás? Ou vamos ficar bestando nessa areia onde o sol dourado atravessa a água rasa? Não, catemos pedrinhas redondas para a atiradeira, porque é urgente subir no morro; os sanhaços estão bicando os cajus maduros. É janeiro, grande mês de janeiro!

Podemos cortar folhas de pita, ir para o outro lado do morro e descer escorregando no capim até a beira do açude. Com dois paus de pita, faremos uma balsa, e, como o carnaval é no mês que vem, vamos apanhar tabatinga para fazer formas de máscaras. Ou então vamos jogar bola-preta: do outro lado do jardim tem um pé de saboneteira.

Se quiser, vamos. Converta-se, bela mulher estranha, numa simples menina de pernas magras e vamos passear nessa infância de uma terra longe. É verdade que jamais comeu angu de fundo de panela?

Bem pouca coisa eu sei: mas tudo que sei lhe ensino. Estaremos debaixo da goiabeira; eu cortarei uma forquilha com o canivete. Mas não consigo imaginá-la assim; talvez se na praia ainda houver pitangueiras... Havia pitangueiras na praia? Tenho uma ideia vaga de pitangueiras junto à praia. Iremos catar conchas cor-de-rosa e búzios crespos, ou armar o alçapão junto do brejo para pegar papa-capim. Quer? Agora devem ser três horas da tarde, as galinhas lá fora estão cacarejando de sono, você gosta de fruta-pão assada com manteiga? Eu lhe dou aipim ainda quente com melado. Talvez você fosse como aquela menina rica, de fora, que achou horrível nosso pobre doce de abóbora e coco.

Mas eu a levarei para a beira do ribeirão, na sombra fria do bambual; ali pescarei piaus. Há rolinhas. Ou então ir descendo o rio numa canoa bem devagar e de repente dar um galope na correnteza, passando rente às pedras, como se a canoa fosse um cavalo solto. Ou nadar mar afora até não poder mais e depois virar e ficar olhando as nuvens brancas. Bem pouca coisa eu sei; os outros meninos riram de mim porque cortei uma iba de assa-peixe. Lembro-me que vi o ladrão morrer afogado com os soldados de canoa dando tiros, e havia uma mulher do outro lado do rio gritando.

Mas como eu poderia, mulher estranha, convertê-la em menina para subir comigo pela capoeira? Uma vez vi uma urutu junto de um tronco queimado; e me lembro de muitas meninas. Tinha uma que era para mim uma adoração. Ah, paixão da infância, paixão que não amarga. Assim eu queria gostar de você, mulher estranha que ora venho conhecer, homem maduro. Homem maduro, ido e vivido; mas quando a olhei, você estava distraída, meus olhos eram outra vez os encantados olhos daquele menino feio do segundo ano primário que quase não tinha coragem de olhar a menina um pouco mais alta da ponta direita do banco.

Adoração de infância. Ao menos você conhece um passarinho chamado saíra? É um passarinho miúdo: imagine uma saíra grande que de súbito aparecesse a um menino que só tivesse visto coleiras e curiós, ou pobres cambaxirras. Imagine um arco-íris visto na mais remota infância, sobre os morros e o rio. O menino da roça que pela primeira vez vê as algas do mar se balançando sob a onda clara, junto da pedra.

Ardente da mais pura paixão de beleza é a adoração da infância. Na minha adolescência você seria uma tortura. Quero levá-la para a meninice. Bem pouca coisa eu sei; uma vez na fazenda riram: ele não sabe nem passar um barbicacho! Mas o que sei lhe ensino; são pequenas coisas do mato e da água, são humildes coisas, e você é tão bela e estranha! Inutilmente tento convertê-la em menina de pernas magras, o joelho ralado, um pouco de lama seca do brejo no meio dos dedos dos pés.

Linda como a areia que a onda ondeou. Saíra grande! Na adolescência me torturaria; mas sou um homem maduro. Ainda assim às vezes é como um bando de sanhaços bicando os cajus de meu cajueiro, um cardume de peixes dourados avançando, saltando ao sol, na piracema; um bambual com sombra fria, onde ouvi silvo de cobra, e eu quisera tanto dormir. Tanto dormir! Preciso de um sossego de beira de rio, com remanso, com cigarras. Mas você é como se houvesse demasiadas cigarras cantando numa pobre tarde de homem.

Julho, 1945

A COMPANHIA DOS AMIGOS

O jogo estava marcado para as 10 horas, mas começou quase 11. O time de Ipanema e Leblon tinha alguns elementos de valor, como Aníbal Machado, Vinicius de Moraes, Lauro Escorel, Carlos Echenique, o desenhista Carlos Thiré, e um cunhado do Aníbal que era um extrema-direita tão perigoso que fui obrigado a lhe dar uma traulitada na canela para diminuir-lhe o entusiasmo. Eu era beque do Copacabana e atrás de mim estava o guardião e pintor Di Cavalcanti. Na linha média e na atacante jogavam um tanto confusamente Augusto Frederico Schmidt, Fernando Sabino, Orígenes Lessa, Newton Freitas, Moacir Werneck de Castro, o escultor Pedrosa, o crítico Paulo Mendes Campos. Não havia juiz, o que facilitou muito a movimentação da peleja, que se desenrolou em três tempos, ficando convencionado que houve dois jogos. Copacabana venceu o primeiro por 1×0 (houve um gol deles anulado porque Di Cavalcanti declarou que passara por cima da trave; e, como não havia trave, ninguém pôde desmentir). O segundo jogo também vencemos, por 2 a 1. Esse 1 deles foi feito passando sobre o meu cadáver. Senti um golpe no joelho, outro nos rins e outro na barriga; elevei-me no ar e me abati na areia, tendo comido um pouco da mesma.

A torcida era composta de variegadas senhoras que ficavam sob as barracas e chupavam melancia. Uma saída do *center-forward* Schmidt (passando a bola gentilmente para trás, para o *center-half*) e uma defesa de Echenique foram os instantes de maior sensação.

Carlos Drummond de Andrade deixou de comparecer, assim como outros jogadores do Copacabana, como Sérgio Buarque de Holanda e Chico Assis Barbosa. Afonso Arinos de Melo Franco jogará também no próximo encontro, em que o Leblon terá o reforço de Fernando Tude e Edison Carneiro, além de Otávio Dias Leite e outros. Joel Silveira mora em Botafogo, mas como sua casa é perto do Túnel Velho jogará no Copacabana.

Assim nos divertimos nós, os cavalões, na areia. As mulheres riam de nosso "prego". Suados, exaustos de correr sob o sol terrível na areia quente e funda, éramos ridículos e lamentáveis, éramos todos profundamente derrotados. Ah, bom tempo em que eu jogava um jogo inteiro

— um meia-direita medíocre mas furioso — e ainda ia para casa chutando toda pedra que encontrava no caminho.

Depois mergulhamos na água boa e ficamos ali, uns trinta homens e mulheres, rapazes e moças, a bestar e conversar na praia. Doce é a companhia dos amigos; doce é a visão das mulheres em seus maiôs, doce é a sombra das barracas; e ali ficamos debaixo do sol, junto do mar, perante as montanhas azuis. Ah, roda de amigos e mulheres, esses momentos de praia serão mais tarde momentos antigos. Um pensamento horrivelmente besta, mas doloroso. Aquele amará aquela, aqueles se separarão; uns irão para longe, uns vão morrer de repente, uns vão ficar inimigos. Um atraiçoará, outro fracassará amargamente, outro ainda ficará rico, distante e duro. E de outro ninguém mais ouvirá falar, e aquela mulher que está deitada, rindo tanto sua risada clara, o corpo molhado, será aflita e feia, azeda e triste.

*

E houve o Natal. Os Bragas jamais cultivaram com muito ardor o Natal; lembro-me que o velho sempre gostava de reunir a gente num jantar, mas a verdade é que sempre faltava um ou outro no dia. Nossas grandes festas eram São João e São Pedro — em São João havia fogueira no quintal, perto do grande pé de fruta-pão, e em São Pedro, padroeiro da cidade, havia uma tremenda batalha naval aérea inesquecível de fogos de artifício. Hoje não há mais nem São João, nem São Pedro, e continua não havendo Natal. Tomei um suco de laranja e fui dormir. A cidade estava insuportável, com milhões de pessoas na rua, os caixeiros exaustos, os preços arbitrários, o comércio, com o perdão da palavra, lavando a égua, se enchendo de dinheiro. Terá nascido Cristo para todo ano dar essa enxurrada de dinheiro aos senhores comerciantes, que já em novembro começam a espreitar o pequenino berço na estrebaria com um olhar cúpido?

Atravessarei o ano na casa fraterna de Vinicius de Moraes. Estaremos com certeza bêbedos e melancólicos — mas, em todo caso, meus amigos, se eu não ficar melancólico farei ao menos tudo para ficar bêbedo. Como passam anos! Ultimamente têm passado muitos anos. Mas não falemos nisso.

Dezembro, 1945

UM PÉ DE MILHO

Os americanos, através do radar, entraram em contato com a lua, o que não deixa de ser emocionante. Mas o fato mais importante da semana aconteceu com o meu pé de milho.

Aconteceu que no meu quintal, em um monte de terra trazido pelo jardineiro, nasceu alguma coisa que podia ser um pé de capim — mas descobri que era um pé de milho. Transplantei-o para o exíguo canteiro na frente da casa. Secaram as pequenas folhas, pensei que fosse morrer. Mas ele reagiu. Quando estava do tamanho de um palmo veio um amigo e declarou desdenhosamente que na verdade aquilo era capim. Quando estava com dois palmos veio outro amigo e afirmou que era cana.

Sou um ignorante, um pobre homem de cidade. Mas eu tinha razão. Ele cresceu, está com dois metros, lança as suas folhas além do muro — e é um esplêndido pé de milho. Já viu o leitor um pé de milho? Eu nunca tinha visto. Tinha visto centenas de milharais — mas é diferente. Um pé de milho sozinho, em um canteiro, espremido, junto do portão, numa esquina de rua — não é um número numa lavoura, é um ser vivo e independente. Suas raízes roxas se agarram no chão e suas folhas longas e verdes nunca estão imóveis. Detesto comparações surrealistas — mas na glória de seu crescimento, tal como o vi em uma noite de luar, o pé de milho parecia um cavalo empinado, as crinas ao vento — e em outra madrugada parecia um galo cantando.

Anteontem aconteceu o que era inevitável, mas que nos encantou como se fosse inesperado: meu pé de milho pendoou. Há muitas flores belas no mundo, e a flor de milho não será a mais linda. Mas aquele pendão firme, vertical, beijado pelo vento do mar, veio enriquecer nosso canteirinho vulgar com uma força e uma alegria que fazem bem. É alguma coisa de vivo que se afirma com ímpeto e certeza. Meu pé de milho é um belo gesto da terra. E eu não sou mais um medíocre homem que vive atrás de uma chata máquina de escrever: sou um rico lavrador da Rua Júlio de Castilhos.

Dezembro, 1945

BIRIBUVA

Era meia-noite, com chuva e um vento frio. O gatinho estava na rua com um ar tão desamparado que o meu amigo se impressionou. Verdade que meu amigo estava um pouco bêbado; se não estivesse, talvez nem visse a tristeza do gatinho, pois já notei que as pessoas verdadeiramente sóbrias não enxergam muito; veem apenas provavelmente o que está adiante de seus olhos no tempo presente. O bêbado vê o que há e o que deveria ter havido antigamente, e além o que nascerá na madrugada que ainda dorme, no limbo de trevas e luz da eternidade — embaixo da cama de Deus. Sim. Ele criou o mundo em seis dias e dormiu como um pedreiro cansado no sétimo. Porém não criou tudo, guardou material para surpreendentes caprichos a animar com seu sopro divino. Darei exemplos, se me pedirem. Conheço uma dama que me pus a examinar com a máxima atenção; ela me apresentou a seus pais e a seus dignos avós e mostrou-me, no velho álbum da família, suas mais remotas tias-bisavós, algumas vestidas de *new-look*, e uma cheia de graça.

Sim, aqui e ali havia um traço que tentava esboçar o encanto que viria; na boca desse rapaz de 1840; na mão dessa dama que segura um leque, nos olhos desse menino antigo o milagre vinha nascendo lento e fluido, o espírito ia se infiltrando na matéria e animando-a na sua mais íntima essência. Mas não basta. Autorizam-nos as escrituras santas a admitir que, mesmo quando é Ele próprio que se encarna, o Espírito Santo ajuda a fecundar uma terrena mulher, e assim foi com a mãe de João Batista, o qual trouxe no peito mais força do que jamais puxaria de toda a fieira dos pais de Isabel e de Zacarias, uma força vinda de Deus.

Sentiu isso o poeta antigo perante sua amada, "formosa qual se a própria mão divina lhe traçara o contorno e a forma rara". É assim; mas lá vou eu a falar de bíblias e poetas e desse raio dessa mulher, e quase deixo o gatinho na chuva à mercê de um bêbado vulgar.

O bêbado era meio poeta, e trouxe o bichinho para casa. Pela manhã o vimos: ele examinava lentamente a sala e, desconfiado, quis ficar debaixo do sofá. Mas já pela tarde escolhera um canto, onde se espichou.

Reunimo-nos para batizá-lo, e, como ele é todo preto e foi achado à meia-noite, resolvemos que seria Meia-Noite.

No segundo dia, porém, uma alemã que ama e entende gatos fez a revelação; Meia-Noite era uma gatinha. Deve ter dois meses e meio, disse mais.

Ora, isso é o mesmo que ser menina apenas com leves tendências a senhorita; e a uma senhorita de família não fica bem esse nome de Meia-Noite. Esse nome haveria de lhe lembrar sempre sua origem miserável e triste; e o grande gato ruivo do vizinho, gordo e católico a tal ponto que embora se chame Janota nós todos sentimos que ele é o próprio G. K. Chesterton, poderia tratá-la com irônico desprezo.

Da nossa perplexidade aproveitou-se o menino, que queria dar ao bicho o nome de Biriba. Declarou que se tratava, sem dúvida nenhuma, da viúva do Biriba.

Não importa que seja uma gatinha adolescente; também as moças de dezesseis anos que se vestem de luto aliviado à maneira antiga recebem esse nome de viúva do Biriba. Alguém ajeitou as coisas, e concluímos que a linda gatinha ficaria se chamando Biribuva.

Devo confessar que não sou um *gentleman*; venho de famílias portuguesas, não digo pobres, mas de condição modesta, gente honrada e trabalhadora que, pelejando através dos séculos no cabo da enxada ou atrás do balcão, nunca teve tempo para se fazer *gentlemen* ou *ladies*. Isso ficou privilégio do ramo espúrio ainda que muito distinto dos Braga, os chamados Bragança. E hoje, vejam bem, os Braga são uns pobres enfiteutas, e os Bragança altos senhorios. Melancolias da História; mas de qualquer modo devo confessar que os costumes de minha casa são um tanto rudes, e às vezes mesmo acontece que o garçom de luvas brancas não nos serve o chá das cinco com a devida pontualidade, o que nos produz um grande abatimento moral. Enfim, nos conformamos — mesmo porque não temos luvas, nem garçom, nem chá.

Biribuva talvez tenha compreendido a situação, e faz questão de mostrar pelo seu delicado exemplo as regras da distinção e da aristocracia. Sai todas as noites, dorme o dia inteiro, não trabalha, e vive a se espreguiçar e a se lamber.

A gatinha escolheu minuciosamente o canto mais confortável de nosso velho sofá, e ali se aninha com tanta graça e tranquilidade como se este fosse o seu direito natural. Se bato à máquina com mais força ou falamos demasiado alto, a jovem condessinha de Biribuva ergue com lentidão a cabeça e nos fita, graciosamente aborrecida, com seus olhos verdes que têm no centro um breve risco vertical azul. Assim ela nos faz entender que as pessoas finas jamais falam tão alto (apenas murmuram coisas e, às vezes, suspiram) e não escrevem jamais a máquina nem mesmo a caneta, pois isso é um baixo trabalho manual.

Pela manhã assisti a seu banho de sol. Meu escritório tem duas janelas, uma dando para leste e outra para o norte; de maneira que pela manhã o sol entra por uma e depois por outra, e há uma hora intermediária em que entra pelas duas. Assim eu havia entrecerrado ambas as janelas e ficou apenas no assoalho uma faixa de luz. Ali se esticou Biribuva, tão negra e luzente. Depois de fazer algumas flexões da mais fina graça, começou, com a língua muito rubra, a proceder a uma cuidadosa toalete; e afinal ficou esticada, a se aquecer. Depois de uns dez minutos retirou-se para seu canto de sombra; tive a impressão, quando esticou a patinha negra, de que consultava um invisível reloginho de pulso, naturalmente de ouro, cravejado de brilhantes.

Às vezes a condessinha dá a entender que se dignaria a brincar um pouco; e então agitamos em sua frente um barbante ou lhe damos uma bola de pingue-pongue. Ela dá saltos e voltas com uma graça infinita, vibrando no ar a patinha rápida; tem bigodes do tamanho dos de um bagre velho; e suas orelhas negras são translúcidas como o tecido dessas meias *fumées*.

Um dia ela crescerá, e então...

Devo dizer que o grande gato ruivo da vizinha, que nos visitava toda tarde, cortou suas visitas.

Apareceu um dia na janela do quintal. Biribuva estava em seu canto do sofá. Voltou-se e viu o bichano quatro vezes maior do que ela. Assumiu instantaneamente uma atitude de defesa, toda arrepiada e com os olhos fixos no gatão. Suas garras apareceram e ela soltou um miau! que era mais um gemido estranho e prolongado.

Isso certamente aborreceu o velho Janota, que lhe lançou um olhar do maior desprezo e se retirou. A condessinha de Biribuva ficou ainda alguns minutos arrepiada e nervosa. Tentei fazer-lhe uma festinha e ela continuou a olhar fixamente para aquele lado. Afinal sossegou, e como uma das gavetas de minha mesa estivesse entreaberta ela se aninhou lá dentro — pois, modéstia à parte, Biribuva é uma grande apreciadora de minhas crônicas, ou pelo menos as acha muito repousantes.

Mas o incidente nos alarmou. Dentro de alguns meses Biribuva será uma senhorita. Não tenho filhas moças e sou mau conhecedor da alma feminina. É verdade que confio muito em Biribuva, mas resido em um bairro perigoso. Na minha vizinhança há dois generais e um tabelião, e todos têm gatos. Gatos de general e gatos de tabelião são bichos manhosos, e experientes, como toda gente sabe. Se Biribuva fraquejar, teremos, em um ano, três gerações de gatinhos. Que fazer com eles?

Olho a graciosa Biribuva, ainda tão inocente e jovem, e estremeço em pensar essas coisas. Afogaremos seus filhinhos ou os abandonaremos na rua? Criar todos não será possível; minha casa é pequena e jornalista ganha muito pouco.

Biribuva, inteiramente despreocupada, corre para cá e para lá atrás da bola de pingue-pongue, por debaixo dos móveis. Levá-la para uma rua distante e abandoná-la? Seria preciso ter coração muito duro para fazer uma coisa dessas. Depois a verdade é que esta casa sem Biribuva ficaria tão sem graça, tão vulgar e tão vazia que não ousamos pensar nisso.

Que fazer? Faço crônicas: é exatamente tudo o que sei fazer, assim mesmo desse jeito que os senhores estão vendo. Os leitores queixam-se: Biribuva não interessa. Está bem, não tocarei mais no assunto. Mas no fundo os leitores é que não interessam. Querem que eu fale mal do governo ou bem das mulheres, como tenho costume. Entretanto olho para a condessinha de Biribuva, que está ali agora a coçar a orelha com a pata esquerda, e penso no seu destino humilde.

Meu amigo bêbado, que a recolheu da rua molhada, à meia-noite, criou para todos nós uma ternura — e um problema. Estamos num impasse: as forças secretas da vida preparam o mistério e o drama de Biribuva nos telhados do bairro.

*

Na verdade não preciso tocar mais no assunto.

Nossa perplexidade dolorosa findou. Biribuva sumiu ontem à noite e até hoje (são quatro da tarde) não voltou. Talvez tenha compreendido tudo com sua fina sensibilidade. Ficamos todos na sala, tristes, em silêncio, até que eu, como dono da casa, me julgasse obrigado a proferir a eterna frase imbecil: "foi melhor assim" — que é um bom fim de história.

Agosto, 1948

HISTÓRIAS DE ZIG

Um dia, antes do remate de meus dias, ainda jogarei fora esta máquina de escrever e, pegando uma velha pena de pato, me porei a narrar a crônica dos Braga. Terei então de abrir todo um livro e contar as façanhas de um deles que durou apenas onze anos, e se chamava Zig.

Zig — ora direis — não parece nome de gente, mas de cachorro. E direis muito bem, porque Zig era cachorro mesmo. Se em todo o Cachoeiro era conhecido por Zig Braga, isso apenas mostra como se identificou com o espírito da Casa em que nasceu, viveu, mordeu, latiu, abanou o rabo e morreu.

Teve, no seu canto de varanda, alguns predecessores ilustres, dos quais só recordo Sizino, cujos latidos atravessam minha infância, e o ignóbil Valente, que encheu de desgosto meu tio Trajano. Não sei onde Valente ganhou esse belo nome; deve ter sido literatura de algum Braga, pois hei de confessar que só o vi valente no comer angu. E só aceitava angu pelas mãos de minha mãe.

Um dia, tio Trajano veio do sítio... Minto! Foi tio Maneco. Tio Maneco veio do sítio e, conversando com meu pai na varanda, não tirava o olho do cachorro. Falou-se da safra, das dificuldades da lavoura...

— Ó Chico, esse cachorro é veadeiro.

Meu pai achava que não; mas, para encurtar conversa, quando tio Maneco montou sua besta, levou o Valente atrás de si com a coleira presa a uma cordinha. O sítio não tinha três léguas lá de casa. Dias depois meu tio levou a cachorrada para o mato, e Valente no meio. Não sei se matou alguma coisa; sei apenas que Valente sumiu. Foi a história que tio Maneco contou indignado a primeira vez que voltou no Cachoeiro; o cachorro não aparecera em parte alguma, devia ter morrido...

— Sem-vergonhão!

Acabara de ver o Valente que, deitado na varanda, ouvia a conversa e o mirava com um olho só.

Nesse ponto, e só nele, era Valente um bom Braga, que de seu natural não é povo caçador; menos eu, que ando por este mundo a caçar ventos e melancolias.

Houve, certamente, lá em casa, outros cães. Mas vamos logo ao Zig, o maior deles, não apenas pelo seu tamanho como pelo seu espírito. Sizino é uma lembrança vaga, do tempo de Quinca Cigano e da negra Iria, que cantava *O crime da caixa-d'água* e *No mar desta vida*, em cujo mar afirmava encontrar às vezes "alguns escolhos", e eu tinha a impressão de que "escolhos" eram uns peixes ferozes piores que tubarão.

*

Ao meu pai chamavam de coronel, e não o era; a mim muitos me chamam de capitão, e não sou nada. Mas isso mostra que não somos de todo infensos ao militarismo, de maneira que não há como explicar o profundo ódio que o nosso bom cachorro Zig votava aos soldados em geral. A tese aceita em família é que devia ter havido, na primeira infância de Zig, algum soldado que lhe deu um pontapé. Haveria de ser um mau elemento das forças armadas da Nação, pois é forçoso reconhecer que mesmo nas forças armadas há maus elementos, e não apenas entre as praças de pré como mesmo entre os mais altos... mas isto aqui, meus caros, é uma crônica de reminiscências canino-familiares e nada tem a ver com a política.

Deve ter sido um soldado qualquer, ou mesmo um carteiro. A verdade é que Zig era capaz de abanar o rabo perante qualquer paisano que lhe parecesse simpático (poucos, aliás, lhe pareciam) mas a farda lhe despertava os piores instintos. O carteiro de nossa rua acabou entregando as cartas na casa de tia Meca. Volta e meia tínhamos uma "questão militar" a resolver, por culpa de Zig.

Tão arrebatado na vida pública, Zig era, entretanto, um anjo do lar. Ainda pequeno tomou-se de amizade por uma gata, e era coisa de elevar o coração humano ver como aqueles dois bichos dormiam juntos, encostados um ao outro. Um dia, entretanto, a gata compareceu com cinco mimosos gatinhos, o que surpreendeu profundamente Zig.

Ficou muito aborrecido, mas não desprezou a velha amiga e continuou a dormir a seu lado. Os gatinhos então começaram a subir pelo corpo de Zig, a miar interminavelmente. Um dia pela manhã, não aguentando mais, Zig segurou com a boca um dos gatinhos e sumiu com ele. Voltou pouco depois, e diante da mãe espavorida abocanhou pelo dorso outro bichinho e sumiu novamente. Apesar de todos os protestos da gata, fez isso com todas as crias. Voltou ainda, latiu um pouco e depois saiu na direção da cozinha. A gata seguiu-o, a miar desesperada. Zig subiu o morro, ela foi atrás. Em um buraco, lá no alto, junto ao cajueiro, estavam os cinco bichos, vivos e intactos. A mãe deixou-se ficar com eles e Zig voltou para dormitar no seu canto.

Estava no maior sossego quando a gata apareceu novamente, com todas as crias a miar atrás. Deitou-se ao lado de Zig, e novamente os bichinhos começaram a passear pelo seu corpo.

Um abuso inominável. Zig ficou horrivelmente aborrecido, e suspirava de cortar o coração, enquanto os gatinhos lhe miavam pelas orelhas. Subitamente abocanhou um dos bichos e sumiu com ele, desta vez em disparada. Em menos de cinco minutos havia feito outra vez a mudança, correndo como um desesperado morro abaixo e morro acima. Mas as mulheres são teimosas, e quando descobrem o quanto é fraco e mole um coração de Braga começam a abusar. O diabo da gata voltou ainda cinicamente com toda a sua detestável filharada. Previmos que desta vez Zig ia perder a paciência. O que fez, simplesmente, foi se conformar, embora desde então esfriasse de modo sensível sua amizade pela gata.

Mas não pensem, por favor, que Zig fosse um desses cães exemplares que frequentam as páginas de *Seleções*, somente capazes de ações nobres e sentimentos elevados, cães aos quais só falta falar para citarem Abraham Lincoln, e talvez Emerson. Se eu afirmasse isso, algumas dezenas de leitores de Cachoeiro de Itapemirim rasgariam o jornal e me escreveriam cartas indignadas, a começar pelo doutor Lofego, a quem Zig mordeu ignominiosamente, para vergonha e pesar do resto da família Braga.

*

De vez em quando aparecia lá em casa algum sujeito furioso a se queixar de Zig.

Assisti a duas dessas cenas: o mordido lá embaixo, no caramanchão, a vociferar, e minha mãe cá em cima, na varanda, a abrandá-lo. Minha mãe mandava subir o homem e providenciava o curativo necessário.

Mas se a vítima passava além da narrativa concreta dos fatos e começava a insultar Zig, ela ficava triste: "Coitadinho, ele é tão bonzinho... é um cachorro muito bonzinho". O homem não concordava e ia-se embora ainda praguejando. O comentário de mamãe era invariável: "Ora, também... Alguma coisa ele deve ter feito ao cachorrinho. Ele não morde ninguém..."

"Cachorrinho" deve ser considerado um excesso de ternura, pois Zig era, sem o mínimo intuito de ofensa, mas apenas por amor à verdade, um cachorrão. E a verdade é que mordeu um número maior de pessoas do que o necessário para manter a ordem em Cachoeiro de Itapemirim. Evitávamos, por isso, que ele saísse muito à rua, e o bom cachorro (sim, no fundo era uma boa alma) gostava mesmo de ficar em casa; mas se alguém saía ele tratava de ir atrás.

Contam que uma de minhas irmãs perdeu o namorado por causa da constante e apavorante companhia de Zig.

Quanto à minha mãe, ela sempre teve o cuidado de mandar prender o cachorro domingo pela manhã, quando ia à missa. Às vezes, entretanto, acontecia que o bicho escapava; então descia a escada velozmente atrás das pegadas de minha mãe. Sempre de focinho no chão, lá ia ele para cima; depois quebrava à direita e atravessava a Ponte Municipal. Do lado norte trotava outra vez para baixo e em menos de quinze minutos estava entrando na igreja apinhada de gente. Atravessava aquele povo todo até chegar diante do altar-mor, onde oito ou dez velhinhas recebiam, ajoelhadas, a Santa Comunhão.

Zig se atrapalhava um pouco — e ia cheirando, uma por uma, aquelas velhinhas todas, até acertar com a sua dona. Mais de uma vez o padre recuou indignado, mais de uma vez uma daquelas boas velhinhas trincou a hóstia, gritou ou saiu a correr assustada, como se o nosso bom cão que a fuçava, com seu enorme focinho úmido, fosse o próprio Cão de fauces a arder.

Mas que alegria de Zig quando encontrava, afinal, a sua dona! Latia e abanava o rabo de puro contentamento, e não a deixava mais. Era um quadro comovente, embora irritasse, para dizer a verdade, a muitos fiéis. Que tinham lá suas razões, mas nem por isso ninguém me convence de que não fossem criaturas no fundo egoístas, mais interessadas em salvar suas próprias e mesquinhas almas do que em qualquer outra coisa.

Hoje minha mãe já não faz a longa e penosa caminhada, sob o sol de Cachoeiro, para ir ao lado de lá do rio assistir à missa. Atravessou a ponte todo domingo durante muitas e muitas dezenas de anos, e está velha e cansada. Não me admiraria saber que Deus, não recebendo mais sua visita, mande às vezes, por consideração, um santo qualquer, talvez Francisco de Assis, fazer-lhe uma visitinha do lado de cá, em sua velha casa verde; nem que o Santo, antes de voltar, dê uma chegada ao quintal para se demorar um pouco sob o velho pé de fruta-pão onde enterramos Zig.

Outubro, 1948

A VISITA DO CASAL

Um casal de amigos vem me visitar. Vejo-os que sobem lentamente a rua. Certamente ainda não me viram, pois a luz do meu quarto está apagada.

É uma quarta-feira de abril. Com certeza acabaram de jantar, ficaram à toa, e depois disseram: vamos passar pela casa do Rubem? É, podemos dar uma passadinha lá. Talvez venham apenas fazer hora para a última sessão de cinema. De qualquer modo, vieram. E me agrada que tenham vindo. Dá-me prazer vê-los assim subindo a rua vazia e saber que vêm me visitar.

Penso um instante nos dois; refaço a imagem um pouco distraída que faço de cada um. Sei há quantos anos são casados, e como vivem. A gente sempre sabe, de um casal de amigos, um pouco mais do que cada um dos membros do casal imagina. Como toda gente, já fui amigo de casais que se separaram. É tão triste. É penoso e incômodo, porque então a gente tem de passar a considerar cada um em separado — e cada um fica sem uma parte de sua própria realidade. A realidade, para nós, eram dois, não apenas no que os unia, como ainda no que os separava quando juntos. Havia um casal; quando deixa de haver, passamos a considerar cada um, secretamente, como se estivesse com uma espécie de luto. Preferimos que vivam mal, porém juntos; é mais cômodo para nós. Que briguem e não se compreendam, e não mais se amem e se traiam; mas não deixem de ser um casal, pois é assim que eles existem para nós. Ficam ligeiramente absurdos sendo duas pessoas.

Como quase todo casal, esse que vem me visitar já andou querendo se separar. Pois ali estão os dois juntos. Ele com seu passo largo e um pouco melancólico, a pensar suas coisas; ela com aquele vestido branco tão conhecido que "me engorda um pouco, chi, meu Deus, estou vendo a hora que preciso comprar esse livro *Coma e emagreça*, meu marido vive me chamando de bola de sebo, você acha, Rubem?"

Eu gosto do vestido. Quanto a ela própria, eu já a conheço tanto, nesta longa amizade, em seus encantos e em seus defeitos, que não me lembro de considerar se em conjunto é bonita ou não, e tenho uma leve surpresa sempre que ouço alguma opinião de uma pessoa estranha; não posso imaginar qual seria minha impressão se a visse agora pela primeira vez. "Ele diz que eu tenho corpo de mulata, você acha, Rubem? Diz que eu quando engordo minha gordura vem toda para aqui" — e passa as mãos nas ancas, rindo. "Nesse negócio de corpo de mulata você deve mesmo consultar o Rubem, mulher." Um gosta de mexer com o outro falando comigo. "Você já reparou nessa camisa dele? Fale francamente, você tinha coragem de sair na rua com uma camisa assim?"

Penso essas bobagens em um segundo, enquanto eles se aproximam de minha casa. Na tarde que vai anoitecendo tem alguma coisa tocante esse casal que anda em silêncio na rua vazia; e eu sou grato a ambos por virem me visitar. Estou meio comovido.

A campainha bate. Acendo a luz e vou lhes abrir a porta e também, discretamente, o coração. "Quase que não batemos, vimos a luz apagada. O que é que você faz aí no escuro?"

Digo que nada, às vezes gosto de ficar no escuro. "Eu não disse que ele era um morcegão?"

Sou um morcegão cordial; trago um conhaque para ele e um vinho do Porto para ela.

Maio, 1949

NASCEM VARÕES

Do quarto crescente à lua cheia o mar veio subindo de fúria até uma grande festa desesperada de ondas imensas e espumas a ferver. Vi-o estrondando nas praias, arrebentando-se com raiva nas pedras altas. O vento era manso, e depois do sol louro e alegre vinha a lua entre raras nuvens de leite; mas o mar veio crescendo de fúria; e as mulheres de meus amigos que estavam grávidas, todas deram à luz meninos. Sim, nasceram todos varões.

Nascem varões. O poeta Carlos faz um poema seco e triste. Disse--me: quando crescer, Pedro Domingos Sabino não lerá esses versos; ou então não os poderá entender. O poeta contempla com inquietação e melancolia os varões do futuro. Não os entende; sente que neste mundo estranho e fluido as vozes podem perder o sentido ao cabo de uma geração; entretanto faz um poema. Sinto vontade de romper esse momento surdo e solene em que mergulhamos; ora bolas, nasceu mais um menino. Afinal os meninos sempre nasceram, e inclusive isso é a primeira coisa que costumam fazer: aparentemente essa história é muito antiga, e talvez monótona. Mas estamos solenes. As mães olham os que nasceram. Os pais tomam conhaque e providências. O mundo continua.

O que talvez nos perturba um pouco é esse sentimento da continuação do mundo. Esses pequeninos e vagos animais sonolentos que ainda não enxergam, não ouvem, não sabem nada, e quase apenas dormem, cansados do longo trabalho de nascer — ali está o mundo continuando, insistindo na sua peleja e no seu gesto monótono. Nós todos, os homens, lhes daremos nosso recado; eles aprenderão que o céu é azul e as árvores são verdes, que o fogo queima, a água afoga, o automóvel mata, as mulheres são misteriosas e os gaturamos gostam de frutas. Nós lhes ensinaremos muitas coisas, das quais muitas erradas e outras que eles mais tarde verificarão não ter a menor importância.

Este lhes falará de Deus e santos; aquele, da conveniência geral de andar limpo, ceder o lado direito à dama e responder as cartas. Temos um baú imenso, cheio de noções e abusões, que despejaremos sobre suas cabeças. E com esses trapos de ideias e lendas eles se cobrirão, se enfeitarão, lutarão entre si, se rasgarão, se desprezarão e se amarão. Escondidas nas dobras de bandeiras e flâmulas, nós lhes transmitiremos, discretamente, nossas perplexidades e nosso amor ao vício; a lembrança de que todavia não convém deixar de ser feroz; de que o homem é o lobo do homem, a mulher é o descanso do guerreiro; frases, milhões de frases, o espetáculo começa quando você chega, um beijo na face pede-se e dá-se, se quiser ofereça a outra face, se o guerreiro descansa a mulher quer movimento, os lobos vivem em sociedades chamadas alcateias, os peixes são cardume, desculpa de amarelo é friagem e desgraça pouca é bobagem. Armados de tão maravilhosos instrumentos eles empinarão seus papagaios, trocarão suas caneladas, distribuirão seus orçamentos, amarão suas mulheres, terão vontade de mandar, de matar e, de vez em quando, como nos acontece a todos, de sossegar, morrer.

Penso nessa jovem e bela mãe que tem nos braços seu primeiro filho varão. É o quadro eterno, de insuperável, solene e doce beleza, a madona e o *bambino*. Poderia ver ao lado, de pé, sério, o vulto do pai. Mas esse vulto é pouco nítido, quase apenas uma sombra que vai sumindo. Ele não tem mais importância. Desde seu último gemido de amor entrou em estranha agonia metafísica. Seu próprio ser já não tem mais sentido, ele o passou além. A mãe é necessária, sua agonia é mais lenta e bela, ela dará seu leite, sua própria substância, seu calor e seu beijo; e à medida que for se dando a esse novo varão, ele irá crescendo e se afirmando até deixá-la para um canto como um trapo inútil.

Honrarás pai e mãe — aconselha-nos o Senhor. Que estranho e cruel verbo Ele escolheu! Que necessidade melancólica sentiu de fazer um mandamento do que não está na força feroz da vida! Tem o verbo "honrar" um delicado sentido fúnebre.

Mas nós, os honrados e, portanto, os deixados à margem, os afastados da vida, os disfarçadamente mortos, nós reagimos com infinita crueldade. Muito devagar, e com astúcia, vamos lhes passando todo o peso de nossa longa miséria, todos os volumes inúteis que carregamos sem saber por que, apenas porque nos deram a carregar. Afinal, isto pode ser útil; afinal, isto pode ser verdade; isto deve ser necessário, visto que existe. Tais são as desculpas de nossa malícia; no fundo apenas queremos ficar mais leves para o fim da caminhada.

Muitos desses pais vigiaram a própria saúde para não transmitir nenhum mal à próxima geração; purificaram o corpo antes de se reproduzirem. Cumpriram seu rito pré-nupcial e depois, na carne da mãe, já fecundada, prosseguiram em cuidados ternos, como se esperassem ver nascer algo de perfeito, um anjo, limpo de toda mácula.

Procuram assim, aflitamente, limpar em pouco tempo todos os longos pecados da espécie, toda a triste acumulação de males através de gerações.

Agora estão com a consciência tranquila; agora podem começar a nobre tarefa de transmitir ao novo ser o seu vício e a sua malícia, a sua tristeza e o seu desespero, todo o remorso dos pecados que não conseguiram fazer, todo o amargor das renúncias a que foram obrigados. O menino deve ser forte para aguentar a vida — esta vida que lhe deixamos de herança. Deve ser bem forte! Forremos sua alma de chumbo, seu coração de amianto.

Nascem varões neste inverno; a lua é cheia, o mar vem crescendo de fúria sob um céu azul. Mas sua fúria sagrada é impotente; nós sobrevivemos: o mundo continua. E as ondas recuam, desanimadas.

Julho, 1949

OS JORNAIS

Meu amigo lança fora, alegremente, o jornal que está lendo e diz:

— Chega! Houve um desastre de trem na França, um acidente de mina na Inglaterra, um surto de peste na Índia. Você acredita nisso que os jornais dizem? Será o mundo assim, uma bola confusa, onde acontecem unicamente desastres e desgraças? Não! Os jornais é que falsificam a imagem do mundo. Veja por exemplo aqui: em um subúrbio, um sapateiro matou a mulher que o traía. Eu não afirmo que isso seja mentira. Mas acontece que o jornal escolhe os fatos que noticia. O jornal quer fatos que sejam notícias, que tenham conteúdo jornalístico. Vejamos a história deste crime. "Durante os três primeiros anos o casal viveu imensamente feliz..." Você sabia disso? O jornal nunca publica uma nota assim:

"Anteontem, cerca de 21 horas, na rua Arlinda, no Méier, o sapateiro Augusto Ramos, de 28 anos, casado com a senhora Deolinda Brito Ramos, de 23 anos de idade, aproveitou-se de um momento em que sua consorte erguia os braços para segurar uma lâmpada para abraçá-la alegremente, dando-lhe beijos na garganta e na face, culminando em um beijo na orelha esquerda. Em vista disso, a senhora em questão voltou-se para o seu marido, beijando-o longamente na boca e murmurando as seguintes palavras: 'Meu amor', ao que ele retorquiu: 'Deolinda'. Na manhã seguinte, Augusto Ramos foi visto saindo de sua residência às 7h45 da manhã, isto é, 10 minutos mais tarde do que o habitual, pois se demorou, a pedido de sua esposa, para consertar a gaiola de um canário-da-terra de propriedade do casal."

— A impressão que a gente tem, lendo os jornais — continuou meu amigo — é que "lar" é um local destinado principalmente à prática de "uxoricídio". E dos bares, nem se fala. Imagine isto:

"Ontem, cerca de 10 horas da noite, o indivíduo Ananias Fonseca, de 28 anos, pedreiro, residente à rua Chiquinha, sem número, no Encantado, entrou no bar Flor Mineira, à rua Cruzeiro, 524, em companhia de seu colega Pedro Amâncio de Araújo, residente no mesmo endereço. Ambos entregaram-se a fartas libações alcoólicas e já se dispunham a deixar o botequim quando apareceu Joca de tal, de residência ignorada, antigo conhecido dos dois pedreiros, e que também estava visivelmente alcoolizado. Dirigindo-se aos dois amigos, Joca manifestou desejo de sentar-se à sua mesa, no que foi atendido. Passou então a pedir rodadas de conhaque, sendo servido pelo empregado do botequim, Joaquim Nunes. Depois de várias rodadas, Joca declarou que pagaria toda a despesa. Ananias e Pedro protestaram, alegando que eles já estavam na mesa antes. Joca, entretanto, insistiu, seguindo-se uma disputa entre os três homens, que terminou com a intervenção do referido empregado, que aceitou a nota que Joca lhe estendia. No momento em que trouxe o troco, o garçom recebeu uma boa gorjeta, pelo que ficou contentíssimo, o mesmo acontecendo aos três amigos que se retiraram do bar alegremente, cantarolando sambas. Reina a maior paz no subúrbio do Encantado, e a noite foi bastante fresca, tendo dona Maria, sogra do comerciário Adalberto Ferreira, residente à rua Benedito, 14, senhora que sempre foi muito friorenta, chegado a puxar o cobertor, tendo depois sonhado que seu netinho lhe oferecia um pedaço de goiabada."

E meu amigo:

— Se um repórter redigir essas duas notas e levá-las a um secretário de redação, será chamado de louco. Porque os jornais noticiam tudo, tudo, menos uma coisa tão banal de que ninguém se lembra: a vida...

Rio, maio de 1951

MANIFESTO

Aos operários da construção civil: Companheiros —

Que Deus e Vargas estejam convosco. A mim ambos desampararam; mas o momento não é de queixas, e sim de luta. Não me dirijo a toda a vossa classe, pois não sou um demagogo. Sou um homem vulgar, e vejo apenas (mal) o que está diante de meus olhos. Estou falando, portanto, com aqueles dentre vós que trabalham na construção em frente de minha janela. Um carrega quatro grandes tábuas ao ombro; outro grimpa, com risco de vida, a precária torre do enguiçado elevador; qual bate o martelo, qual despeja nas formas o cimento, qual mira a planta, qual usa a pá, qual serra (o bárbaro) os galhos de uma jovem mangueira, qual ajusta, neste momento, um pedaço de madeira na serra circular.

Espero. Olho este último homem. Tem o ar calmo, veste um macacão desbotado, uma espécie de gorro pardo na cabeça, um lápis vermelho na orelha, uma trena no bolso de trás; e, pela cara e corpo, não terá mais de 25 anos. Parece um homem normal; vede, porém, o que faz. Já ajustou a sua tábua; e agora a empurra lentamente contra a serra que gira. Começou. Um guincho alto, agudo e ao mesmo tempo choroso domina o batecum dos martelos e rompe o ar. Dir-se-ia o espasmo de um gato de metal, se houvesse gatos de metal. Varando o lenho, o aço chora; ou é a última vida da árvore arrancada do seio da floresta que solta esse grito lancinante e triste? De momento a momento seu estridor me vara os ouvidos como imponderável pua.

Além disso, o que me mandais, irmãos, são outros ruídos e muita poeira; dentro de uns cinco dias tereis acabado o esqueleto do segundo andar e então me olhareis de cima. E ireis aos poucos subindo para o céu, vós que começastes a trabalhar em um buraco do chão.

Então me tereis vedado todo o sol da manhã. Minha casa ficará úmida e sombria; e ireis subindo, subindo. Já disse que não me queixo; já disse: melhor, cronicarei à sombra, inventarei um estilo de orquídea para estas minhas flores de papel.

Nossos ofícios são bem diversos. Há homens que são escritores e fazem livros que são como verdadeiras casas, e ficam. Mas o cronista de jornal é como o cigano que toda noite arma sua tenda e pela manhã a desmancha, e vai.

Vós ides subindo, orgulhosos, as armações que armais, e breve estareis vendo o mar a leste e as montanhas azuladas a oeste. Oh, insensatos! Quando tiverdes acabado, sereis desalojados de vosso precário pouso e devolvidos às vossas favelas; ireis tão pobres como viestes, pois tudo o que ganhais tendes de gastar; ireis, na verdade, ainda mais pobres do que sois, pois também tereis gastado algo que ninguém vos paga, que é a força de vossos braços, a mocidade de vossos corpos.

E ficará aqui um edifício alto e branco, feito por vós. Voltai uma semana depois e tentai entrar nele; um homem de uniforme vos barrará o passo e perguntará a que vindes e vos olhará com desconfiança e desdém. Aquele homem representa outro homem que se chama o proprietário; poderoso senhor que se apoia na mais sólida das ficções, a que se chama propriedade. O homem da serra circular estará, certamente, com o ouvido embotado; em vossos pulmões haverá lembrança de muita serragem e muito pó, e se algum de vós despencou do alto, sua viúva receberá o suficiente para morrer de fome um pouco mais devagar.

Não penseis que me apiedo de vós. Já disse que não sou demagogo; apenas me incomodais com vossa vã atividade. Eu vos concito, pois, a parar com essa loucura — hoje, por exemplo, que o céu é azul e o sol é louro, e a areia da praia é tão meiga. Na areia poderemos fazer até castelos soberbos, onde abrigar o nosso íntimo sonho. Eles não darão renda a ninguém, mas também não esgotarão vossas forças. É verdade que assim tereis deixado de construir o lar de algumas famílias. Mas ficai sossegados: essas famílias já devem estar morando em algum lugar, provavelmente muito melhor do que vós mesmos.

Ouvi-me, pois, insensatos; ouvi-me a mim e não a essa infame e horrenda serra que a vós e a mim tanto azucrina. Vamos para a praia. E se o proprietário vier, se o governo vier, e perguntar com ferocidade: "estais loucos?" — nós responderemos: "Não, senhores, não estamos loucos; estamos na praia jogando peteca." E eles recuarão, pálidos e contrafeitos.

Rio, julho de 1951

CONVERSA DE COMPRA DE PASSARINHO

Entro na venda para comprar uns anzóis, e o velho está me atendendo quando chega um menino da roça com um burro e dois balaios de lenha. Fica ali, parado, esperando. O velho parece que não o vê, mas afinal olha as achas com desprezo e pergunta: “Quanto?” O menino hesita, coçando o calcanhar de um pé com o dedo de outro: “Quarenta.” O homem da venda não responde, vira a cara. Aperta mais os olhos miúdos para separar os anzóis pequenos que eu pedi. Eu me interesso pelo coleiro-do-brejo que está cantando. O velho:

— Esse coleiro é especial. Eu tinha aqui um gaturamo que era uma beleza, mas morreu ontem; é um bicho que morre à toa.

Um pescador de bigodes brancos chega-se ao balcão, murmura alguma coisa; o velho lhe serve cachaça, recebe, dá o troco, volta-se para mim: “O senhor quer chumbo também?” Compro uma chumbada, alguns metros de linha. Subitamente ele se dirige ao menino da lenha:

— Quer vinte e cinco pode botar lá dentro.

O menino abaixa a cabeça, calado. Pergunto:

— Quanto é o coleiro?

— Ah, esse não tenho para venda, não...

Sei que o velho está mentindo; ele seria incapaz de ter um coleiro se não fosse para venda; miserável como é, não iria gastar alpiste e farelo em troca de cantorias. Eu me desinteresso. Peço uma cachaça. Puxo o dinheiro para pagar minhas compras. O menino murmura: “O senhor dá trinta...” O velho cala-se, minha nota na mão:

— Quanto é que o senhor dá pelo coleiro?

Fico calado algum tempo. Ele insiste: “O senhor diga...” Viro a minha cachaça, fico apreciando o coleiro.

— Não quer vinte e cinco vá embora, menino.

Sem responder, o menino cede. Carrega as achas de lenha lá para os fundos, recebe o dinheiro, monta no burro, vai-se. Foi no mato cortar pau, rachou cem achas, carregou o burro, trotou léguas até chegar aqui, levou 25 cruzeiros. Tenho vontade de vingá-lo:

— Passarinho dá muito trabalho...

O velho atende outro freguês, lentamente.

— O senhor querendo dar 500 cruzeiros, é seu.

Por trás dele o pescador de bigodes brancos me faz sinal para não comprar. Finjo espanto: "QUINHENTOS cruzeiros?"

— Ainda a semana passada eu rejeitei 600 por ele. Esse coleiro é muito especial.

Completamente escravo do homem, o coleirinho põe-se a cantar, mostrando suas especialidades. Faço uma pergunta sorna: "Foi o senhor quem pegou ele?" O homem responde: "Não tenho tempo para pegar passarinho."

Sei disso. Foi um menino descalço, como aquele da lenha. Quanto terá recebido esse menino desconhecido por aquele coleiro especial?

— No Rio eu compro um papa-capim mais barato...

— Mas isso não é papa-capim. Se o senhor conhece passarinho, o senhor está vendo que coleiro é esse.

— Mas QUINHENTOS cruzeiros?

— Quanto é que o senhor oferece?

Acendo um cigarro. Peço mais uma cachacinha. Deixo que ele atenda um freguês que compra bananas. Fico mexendo com o pedaço de chumbo. Afinal digo com a voz fria, seca: "Dou 200 pelo coleiro, 50 pela gaiola".

O velho faz um ar de absoluto desprezo. Peço meu troco, ele me dá. Quando vê que vou saindo mesmo, tem um gesto de desprendimento: "Por 300 cruzeiros o Sr. leva tudo".

Ponho minhas coisas no bolso. Pergunto onde é que fica a casa de Simeão pescador, um zarolho. Converso um pouco com o pescador de bigodes brancos, me despeço.

— O senhor não leva o coleiro?

Seria inútil explicar-lhe que um coleiro-do-brejo não tem preço. Que o coleiro-do-brejo é, ou devia ser, um pequeno animal sagrado e livre, como aquele menino da lenha, como aquele burrinho magro e triste do menino. Que daqui a uns anos quando ele, o velho, estiver rachando lenha no Inferno, o burrinho, o menino e o coleiro vão entrar no Céu — trotando, assobiando e cantando de pura alegria.

Novembro, 1951

OS EMBRULHOS DO RIO

Encontro o amigo Mário em seu escritório, à volta com papéis e barbantes, fazendo um grande embrulho. São encomendas e presentes que vai mandar para sua gente em Santa Catarina. Inábil e carinhosamente ele compõe o grande embrulho, que sai torto e frágil. Não me proponho a ajudá-lo, porque sou seu irmão em falta de jeito. Aparece, a certa altura, um rapazinho, que olha em silêncio a faina de Mário. Este compreende a ironia e compaixão do tímido sorriso do rapaz e, com um gesto, pede sua ajuda. Em meio minuto, o moço desmancha tudo e faz daquele embrulho informe e explosivo um pacote simples, sólido e firme.

Mas não estou pensando nessa qualidade que sempre me pareceu milagrosa, essa certeza das mãos em ordenar as coisas para nós rebeldes e desconjuntadas, para esses privilegiados, obedientes e fáceis. Penso nas mãos que, em uma praia distante, vão desembrulhar essas coisas; na alegria com que no fundo da província a gente recebe os presentes.

Quando meus pais ou minha irmã voltavam de um passeio ao Rio, nós todos, os menores, ficávamos olhando com uma impaciência quase agônica as malas e valises que o carregador ia depondo na sala. A alegria maior não estava no presente que cada um recebia, estava no mistério numeroso das malas, na surpresa do que ia surgindo. Uma grande parte, que despertava exclamações deliciadas das mulheres, não nos interessava: eram saias, blusas, lenços, cortes de trapos e fazendas coloridas, joias e bugigangas femininas. A mais distante das primas e a mais obscura das empregadas podia estar certa de ganhar um pequeno presente: a alegria era para todos da casa e da família, e se derramava em nossa rua pelos vizinhos e amigos. Além dos presentes havia as inumeráveis encomendas, três metros disto ou daquilo, um sapatinho de tal número para combinar com aquele vestidinho grená, fitas, elásticos, não sei o que mais.

Se esse mundo de coisas de mulher nos deixava frios e impacientes, os brinquedos e os presentes para homens e coisas para uso caseiro eram visões sensacionais. Jogos de papelões coloridos, coisas de lata com molas imprevistas, fósforos de acender sem caixa, abridores de latas, sopa juliana seca, isqueiro, torradeiras de pão, coisas elétricas, brilhantes e coloridas — todo o mundo mecânico insuspeitado que chegava ao nosso canto de província. E também programas de cinema, cardápios de restaurantes...

Seriam, afinal de contas, coisas de pouco valor: os grandes engenhos modernos estrangeiros estavam fora de nossas posses e de nossa imaginação. Mas para nós tudo era sensacional; e depois de esparramado sobre a mesa ou pelo chão o conteúdo da última valise, e distribuídos todos os presentes, ainda ficávamos algum tempo aturdidos por aquela sensação de opulência e de milagre. E o dia inteiro ouvindo a conversa dos grandes, que davam notícias de amigos, comentavam histórias, falavam da última revista de Aracy Cortes, no Recreio, da última comédia de Procópio ou de Leopoldo Fróes ou da doença dos nossos parentes de Vila Isabel — ainda ficávamos tontos, pensando nesse Rio de Janeiro fabuloso, tão próximo e tão distante.

Aos 9 anos de idade, vim pela primeira vez ao Rio, trazido por minha irmã. Voltei muitas vezes; estou sempre voltando. Aqui já me aconteceram coisas. Mas o grande encanto e o máximo prestígio do Rio estavam nas malas e nos embrulhos abertos diante dos olhos assombrados do menino da roça.

Março, 1952

OS AMANTES

Nos dois primeiros dias, sempre que o telefone tocava, um de nós dois esboçava um movimento, um gesto de quem vai atender.

Mas o gesto era cortado no ar. Ficávamos imóveis, ouvindo a campainha bater, silenciar, bater outra vez. Havia um certo susto, como se aquele trinado repetido fosse uma acusação, um gesto agudo nos apontando. Era preciso que ficássemos imóveis, talvez respirando com mais cuidado, até que o aparelho silenciasse.

Então tínhamos um suspiro de alívio. Havíamos vencido mais uma vez os nossos inimigos. Nossos inimigos eram toda a população da cidade imensa, que transitava lá fora nos veículos dos quais nos chegava apenas um estrondo distante de bondes, a sinfonia abafada das buzinas, às vezes o ruído do elevador. Sabíamos quando alguém parava o elevador em nosso andar; tínhamos o ouvido apurado, pressentíamos os passos na escada antes que eles se aproximassem. A sala da frente estava sempre de luz apagada. Sentíamos, lá fora, o emissário do inimigo. Esperávamos, quietos. Um segundo, dois — e a campainha da porta batia, alto, rascante. Ali, a dois metros, atrás da porta escura, estava respirando e esperando um inimigo. Se abríssemos, ele — fosse quem fosse — nos lançaria um olhar, diria alguma coisa — e então o nosso mundo estaria invadido.

No segundo dia ainda hesitamos; mas resolvemos deixar que o pão e o leite ficassem lá fora; o jornal era remetido por baixo da porta, mas nenhum de nós o recolhia. Nossas provisões eram pequenas; no terceiro dia já tomávamos café sem açúcar, no quarto a despensa estava praticamente vazia. No apartamento mal iluminado, íamos emagrecendo de felicidade, devíamos estar ficando pálidos, e às vezes unidos, olhos nos olhos, nos perguntávamos se tudo não era um sonho; o relógio parara, havia apenas aquela tênue claridade que vinha das janelas sempre fechadas; mais tarde essa luz do dia distante, do dia dos outros, ia se perdendo, e então era apenas uma pequena lâmpada no chão que projetava nossas sombras nas paredes do quarto e vagamente escoava pelo corredor, lançava ainda uma penumbra confusa na sala, onde não íamos jamais.

Pouco falávamos: se o inimigo estivesse escutando às nossas portas, mal ouviria vagos murmúrios; e a nossa felicidade imensa era ponteada de alegrias menores e inocentes, a água forte e grossa do chuveiro, a fartura festiva de toalhas limpas, de lençóis de linho.

O mundo ia pouco a pouco desistindo de nós; o telefone batia menos e a campainha da porta quase nunca. Ah, nós tínhamos vindo de muito e muito amargor, muita hesitação, longa tortura e remorso; agora a vida era nós dois, e o milagre se repetia tão quieto e perfeito como se fosse ser assim eternamente.

Sabíamos estar condenados; os inimigos, os outros, o resto da população do mundo nos esperava para lançar seus olhares, dizer suas coisas, ferir com sua maldade ou sua tristeza o nosso mundo, nosso pequeno mundo que ainda podíamos defender um dia ou dois, nosso mundo trêmulo de felicidade, sonâmbulo, irreal, fechado, e tão louco e tão bobo e tão bom como nunca mais, nunca mais haverá.

*

No oitavo dia sentimos que tudo conspirava contra nós. Que importa a uma grande cidade que haja um apartamento fechado em alguns de seus milhares de edifícios; que importa que lá dentro não haja ninguém, ou que um homem e uma mulher ali estejam, pálidos, se movendo na penumbra como dentro de um sonho?

Entretanto, a cidade, que durante uns dois ou três dias parecia nos haver esquecido, voltava subitamente a atacar. O telefone tocava, batia dez, quinze vezes, calava-se alguns minutos, voltava a chamar; e assim três, quatro vezes sucessivas.

Alguém vinha e apertava a campainha; esperava; apertava outra vez; experimentava a maçaneta da porta; batia com os nós dos dedos, cada vez mais forte, como se tivesse certeza de que havia alguém lá dentro. Ficávamos quietos, abraçados, até que o desconhecido se afastasse, voltasse para a rua, para a sua vida, nos deixasse em nossa felicidade que fluía num encantamento constante.

Eu sentia dentro de mim, doce, essa espécie de saturação boa, como um veneno que tonteia, como se meus cabelos já tivessem o cheiro de seus cabelos, se o cheiro de sua pele tivesse entrado na minha. Nossos corpos tinham chegado a um entendimento que era além do amor, eles tendiam a se parecer no mesmo repetido jogo lânguido, e uma vez que, sentado de frente para a janela, por onde se filtrava um eco pálido de luz, eu a contemplava tão pura e nua, ela disse: "meu Deus, seus olhos estão esverdeando".

Nossas palavras baixas eram murmuradas pela mesma voz, nossos gestos eram parecidos e integrados, como se o amor fosse um longo ensaio para que um movimento chamasse outro; inconscientemente compúnhamos esse jogo de um ritmo imperceptível como um lento, lento bailado.

Mas naquela manhã ela se sentiu tonta, e senti também minha fraqueza; resolvi sair, era preciso dar uma escapada para obter víveres; vesti-me lentamente, calcei os sapatos como quem faz algo de estranho; que horas seriam?

Quando cheguei à rua e olhei, com um vago temor, um sol extraordinariamente claro me bateu nos olhos, na cara, desceu pela minha roupa, senti vagamente que aquecia meus sapatos. Fiquei um instante parado, encostado à parede, olhando aquele movimento sem sentido, aquelas pessoas e veículos irreais que se cruzavam; tive uma tonteira, e uma sensação dolorosa no estômago.

Havia um grande caminhão vendendo uvas, pequenas uvas escuras; comprei cinco quilos, o homem fez um grande embrulho de jornal; voltei, carregando aquele embrulho de encontro ao peito, como se fosse a minha salvação.

E levei dois, três minutos, na sala de janelas absurdamente abertas, diante de um desconhecido, para compreender que o milagre se acabara; alguém viera e batera à porta, e ela abrira pensando que fosse eu, e então já havia também o carteiro querendo recibo de uma carta registrada e, quando o telefone bateu foi preciso atender, e nosso mundo foi invadido, atravessado, desfeito, perdido para sempre — senti que ela me disse isso num instante, num olhar entretanto lento (achei seus olhos muito claros, há muito tempo não os via assim, em plena luz), um olhar de apelo e de tristeza, onde, entretanto, ainda havia uma inútil, resignada esperança.

Rio, julho de 1952

A BORBOLETA AMARELA

Era uma borboleta. Passou roçando em meus cabelos, e no primeiro instante pensei que fosse uma bruxa ou qualquer outro desses insetos que fazem vida urbana; mas, como olhasse, vi que era uma borboleta amarela.

Era na esquina de Graça Aranha com Araújo Porto Alegre; ela borboleteava junto ao mármore negro do Grande Ponto; depois desceu, passando em face das vitrinas de conservas e uísques; eu vinha na mesma direção; logo estávamos defronte da ABI. Entrou um instante no *hall*, entre duas colunas; seria um jornalista? — pensei com certo tédio.

Mas logo saiu. E subiu mais alto, acima das colunas, até o travertino encardido. Na rua México eu tive de esperar que o sinal abrisse; ela tocou, fagueira, para o outro lado, indiferente aos carros que passavam roncando sob suas leves asas. Fiquei a olhá-la. Tão amarela e tão contente da vida, de onde vinha, aonde iria? Fora trazida pelo vento das ilhas — ou descera no seu voo saçaricante e leve da floresta da Tijuca ou de algum morro — talvez o de São Bento? Onde estaria uma hora antes, qual sua idade? Nada sei de borboletas. Nascera, acaso, no jardim do Ministério da Educação? Não; o Burle Marx faz bons jardins, mas creio que ainda não os faz com borboletas — o que, aliás, é uma boa ideia. Quando eu o mandar fazer os jardins de meu palácio, direi: Burle, aqui sobre esses manacás, quero uma borboleta amare... Mas o sinal abriu e atravessei a rua correndo, pois já ia perdendo de vista a minha borboleta.

A minha borboleta! Isso, que agora eu disse sem querer, era o que eu sentia naquele instante: a borboleta era minha — como se fosse meu cão ou minha amada de vestido amarelo que tivesse atravessado a rua na minha frente, e eu devesse segui-la. Reparei que nenhum transeunte olhava a borboleta; eles passavam, devagar ou depressa, vendo vagamente outras coisas — as casas, os veículos ou se vendo —, só eu vira a borboleta, e a seguia, com meu passo fiel. Naquele ângulo há um jardinzinho, atrás da Biblioteca Nacional. Ela passou entre os ramos de acácia e de uma árvore sem folhas, talvez um *flamboyant*; havia, naquela hora, um casal de namorados pobres em um banco, e dois ou três sujeitos espalhados pelos outros bancos, dos quais uns são de pedra, outros de madeira, sendo que estes são pintados de azul e branco. Notei isso pela primeira vez, aliás, naquele instante, eu que sempre passo por ali; é que a minha borboleta amarela me tornava sensível às cores.

Ela borboleteou um instante sobre o casal de namorados; depois passou quase junto da cabeça de um mulato magro, sem gravata, que descansava num banco; e seguiu em direção à avenida. Amanhã eu conto mais.

*

Eu ontem parei a minha crônica no meio da história da borboleta que vinha pela rua Araújo Porto Alegre; parei no instante em que ela começava a navegar pelo oitão da Biblioteca Nacional.

Oitão, uma bonita palavra. Usa-se muito no Recife; lá, todo mundo diz: no oitão da igreja de São José, no oitão do teatro Santa Isabel... Aqui a gente diz: do lado. Dá no mesmo, porém oitão é mais bonito. Oitão, torreão.

Falei em torreão porque, no ângulo da Biblioteca, há uma coisa que deve ser o que se chama um torreão. A borboleta subiu um pouco por fora do torreão; por um instante acreditei que ela fosse voltar, mas continuou ao longo da parede. Em certo momento desceu até perto da minha cabeça, como se quisesse assegurar-se de que eu a seguia, como se me quisesse dizer: “estou aqui”.

Logo subiu novamente, foi subindo, até ficar em face de um leão... Sim, há uma cabeça de leão, aliás há várias, cada uma com uma espécie de argola na boca, na Biblioteca. A pequenina borboleta amarela passou junto ao focinho da fera, aparentemente sem o menor susto. Minha intrépida, pequenina, vibrante borboleta amarela! pensei eu. Que fazes aqui, sozinha, longe de tuas irmãs que talvez estejam agora mesmo adejando em bando álacre na beira de um regato, entre moitas amigas — e aonde vais sobre o cimento e o asfalto, nessa hora em que já começa a escurecer, oh tola, oh tonta, oh querida pequena borboleta amarela! Vieste talvez de Goiás, escondida dentro de algum avião; saíste no Calabouço, olhaste pela primeira vez o mar, depois...

Mas um amigo me bateu nas costas, me perguntou "como vai, bichão, o que é que você está vendo aí?" Levei um grande susto, e tive vergonha de dizer que estava olhando uma borboleta; ele poderia chegar em casa e dizer: "encontrei hoje o Rubem, na cidade, parece que estava caçando borboleta".

Lembrei-me de uma história de Lúcio Cardoso, que trabalhava na Agência Nacional: um dia acordou cedo para ir trabalhar; não estava se sentindo muito bem. Chegou a se vestir, descer, andar um pouco junto da Lagoa, esperando condução, depois viu que não estava mesmo bem, resolveu voltar para casa, telefonou para um colega, explicou que estava gripado, até chegara a se vestir para ir trabalhar, mas estava um dia feio, com um vento ruim, ficou com medo de piorar — e demorou um pouco no bate-papo, falou desse vento, você sabe (era o noroeste) que arrasta muita folha seca, com certeza mais tarde vai chover etc., etc.

Quando o chefe do Lúcio perguntou por ele, o outro disse: "Ah, o Lúcio hoje não vem não. Ele telefonou, disse que até saiu de casa, mas no caminho encontrou uma folha seca, de maneira que não pôde vir e voltou para casa."

Foi a história que lembrei naquele instante. Tive — por que não confessar? — tive certa vergonha de minha borboletinha amarela. Mas enquanto trocava algumas palavras com o amigo, procurando despachá-lo, eu ainda vigiava a minha borboleta. O amigo foi-se. Por um instante julguei, aflito, que tivesse perdido a borboleta de vista. Não. De maneira que vocês tenham paciência; na outra crônica, vai ter mais história de borboleta.

*

Mas, como eu ia dizendo, a borboleta chegou à esquina de Araújo Porto Alegre com a avenida Rio Branco; dobrou à esquerda, como quem vai entrar na Biblioteca Nacional pela escada do lado, e chegou até perto da estátua de uma senhora nua que ali existe; voltou; subiu, subiu até mais além da copa das árvores que há na esquina — e se perdeu.

Está claro que esta é a minha maneira de dizer as coisas; na verdade, ela não se perdeu; eu é que a perdi de vista. Era muito pequena, e assim, no alto, contra a luz do céu esbranquiçado da tardinha, não era fácil vê-la. Cuidei um instante que atravessava a avenida em direção à estátua de Chopin; mas o que eu via era apenas um pedaço de papel jogado de não sei onde. Essa falsa pista foi que me fez perder a borboleta.

Quando atravessei a avenida ainda a procurava no ar, quase sem esperança. Junto à estátua de Floriano, dezenas de rolinhas comiam farelo que alguém todos os dias joga ali. Em outras horas, além de rolinhas, juntam-se também ali pombos, esses grandes, de reflexos verdes e roxos no papo, e alguns pardais; mas naquele momento havia apenas rolinhas. Deus sabe que horários têm esses bichos do céu.

Sentei-me num banco, fiquei a ver as rolinhas — ocupação ou vagabundagem sempre doce, a que me dedico todo dia uns 15 minutos. Dirás, leitor, que esse quarto de hora poderia ser mais bem aproveitado. Mas eu já não quero aproveitar nada; ou melhor, aproveito, no meio desta cidade pecaminosa e aflita, a visão das rolinhas, que me faz um vago bem ao coração.

Eu poderia contar que uma delas pousou na cruz de Anchieta; seria bonito, mas não seria verdade. Que algum dia deve ter pousado, isso deve; elas pousam em toda parte; mas eu não vi. O que digo, e vi, foi que uma pousou na ponta do trabuco de Caramuru. Falta de respeito, pensei. Não sabes, rolinha vagabunda, cor de tabaco lavado, que esse é Pai do Fogo, Filho do Trovão?

Mas essa conversa de rolinha, vocês compreendem, é para disfarçar meu desaponto pelo sumiço da borboleta amarela. Afinal arrastei o desprevenido leitor ao longo de três crônicas, de nariz no ar, atrás de uma borboleta amarela. Cheguei a receber telefonemas: "eu só quero saber o que vai acontecer com essa borboleta". Havia, no círculo das pessoas íntimas, uma certa expectativa, como se uma borboleta amarela pudesse promover grandes proezas no centro urbano. Pois eu decepciono a todos, eu morro, mas não falto à verdade: minha borboleta amarela sumiu. Ergui-me do banco, olhei o relógio, saí depressa, fui trabalhar, providenciar, telefonar... Adeus, pequenina borboleta amarela.

Rio, setembro de 1952

O MATO

Veio o vento frio, e depois o temporal noturno, e depois da lenta chuva que passou toda a manhã caindo e ainda voltou algumas vezes durante o dia, a cidade entardeceu em brumas. Então o homem esqueceu o trabalho e as promissórias, esqueceu a condução e o telefone e o asfalto, e saiu andando lentamente por aquele morro coberto de um mato viçoso, perto de sua casa. O capim cheio de água molhava seu sapato e as pernas da calça; o mato escurecia sem vaga-lumes nem grilos.

Pôs a mão no tronco de uma árvore pequena, sacudiu um pouco, e recebeu nos cabelos e na cara as gotas de água como se fosse uma bênção. Ali perto mesmo a cidade murmurava, estalava com seus ruídos vespertinos, ranger de bondes, buzinar impaciente de carros, vozes indistintas; mas ele via apenas algumas árvores, um canto de mato, uma pedra escura. Ali perto, dentro de uma casa fechada, um telefone batia, silenciava, batia outra vez, interminável, paciente, melancólico. Alguém, com certeza já sem esperança, insistia em querer falar com alguém.

Por um instante, o homem voltou seu pensamento para a cidade e sua vida. Aquele telefone tocando em vão era um dos milhões de atos falhados da vida urbana. Pensou no desgaste nervoso dessa vida, nos desencontros, nas incertezas, no jogo de ambições e vaidades, na procura de amor e de importância, na caça ao dinheiro e aos prazeres. Ainda bem que de todas as grandes cidades do mundo o Rio é a única a permitir a evasão fácil para o mar e a floresta. Ele estava ali num desses limites entre a cidade dos homens e a natureza pura; ainda pensava em seus problemas urbanos — mas um camaleão correu de súbito, um passarinho piou triste em algum ramo, e o homem ficou atento àquela humilde vida animal e também à vida silenciosa e úmida das árvores, e à pedra escura, com sua pele de musgo e seu misterioso coração mineral.

E pouco a pouco ele foi sentindo uma paz naquele começo de escuridão, sentiu vontade de deitar e dormir entre a erva úmida, de se tornar um confuso ser vegetal, num grande sossego, farto de terra e de água; ficaria verde, emitiria raízes e folhas, seu tronco seria um tronco escuro, grosso, seus ramos formariam copa densa, e ele seria, sem angústia nem amor, sem desejo nem tristeza, forte, quieto, imóvel, feliz.

Novembro, 1952

HOMEM NO MAR

De minha varanda, vejo, entre árvores e telhados, o mar. Não há ninguém na praia, que resplende ao sol. O vento é nordeste, e vai tangendo, aqui e ali, no belo azul das águas, pequenas espumas que marcham alguns segundos e morrem, como bichos alegres e humildes; perto da terra a onda é verde.

Mas percebo um movimento em um ponto do mar; é um homem nadando. Ele nada a uma certa distância da praia, em braçadas pausadas e fortes; nada a favor das águas e do vento, e as pequenas espumas que nascem e somem parecem ir mais depressa do que ele. Justo: espumas são leves, são feitas de nada, toda sua substância é água e vento e luz, e o homem tem sua carne, seus ossos, seu coração, todo seu corpo a transportar na água.

Ele usa os músculos com uma calma energia; avança. Certamente não suspeita de que um desconhecido o vê e o admira, porque ele está nadando na praia deserta. Não sei de onde vem essa admiração, mas encontro nesse homem uma nobreza calma, sinto-me solidário com ele, acompanho o seu esforço solitário como se ele estivesse cumprindo uma bela missão. Já nadou em minha presença uns 300 metros; antes, não sei; duas vezes o perdi de vista, quando ele passou atrás das árvores, mas esperei com toda confiança que reaparecesse sua cabeça, e o movimento alternado de seus braços. Mais uns 50 metros e o perderei de vista, pois um telhado o esconderá. Que ele nade bem esses 50 ou 60 metros; isto me parece importante; é preciso que conserve a mesma batida de sua braçada, e que eu o veja desaparecer assim como o vi aparecer, no mesmo rumo, no mesmo ritmo, forte, lento, sereno. Será perfeito; a imagem desse homem me faz bem.

É apenas a imagem de um homem, e eu não poderia saber sua idade, nem sua cor, nem os traços de sua cara. Estou solidário com ele, e espero que ele esteja comigo. Que ele atinja o telhado vermelho, e então eu poderei sair da varanda tranquilo, pensando — "vi um homem sozinho, nadando no mar; quando o vi, ele já estava nadando; acompanhei-o com atenção durante todo o tempo, e testemunho que ele nadou sempre com firmeza e correção; esperei que ele atingisse um telhado vermelho, e ele o atingiu".

Agora não sou mais responsável por ele; cumpri o meu dever, e ele cumpriu o seu. Admiro-o. Não consigo saber em que reside, para mim, a grandeza de sua tarefa; ele não estava fazendo nenhum gesto a favor de alguém, nem construindo algo de útil; mas certamente fazia uma coisa bela, e a fazia de um modo puro e viril.

Não desço para ir esperá-lo na praia e lhe apertar a mão; mas dou meu silencioso apoio, minha atenção e minha estima a esse desconhecido, a esse nobre animal, a esse homem, a esse correto irmão.

Janeiro, 1953

RECADO AO SENHOR 903

Vizinho —

Quem fala aqui é o homem do 1003. Recebi outro dia, consternado, a visita do zelador, que me mostrou a carta em que o senhor reclamava contra o barulho em meu apartamento. Recebi depois a sua própria visita pessoal — devia ser meia-noite — e a sua veemente reclamação verbal. Devo dizer que estou desolado com tudo isso, e lhe dou inteira razão. O regulamento do prédio é explícito, e se não o fosse, o senhor ainda teria ao seu lado a Lei e a Polícia. Quem trabalha o dia inteiro tem direito ao repouso noturno, e é impossível repousar no 903 quando há vozes, passos e músicas no 1003. Ou melhor: é impossível ao 903 dormir quando o 1003 se agita; pois como não sei o seu nome nem o senhor sabe o meu, ficamos reduzidos a ser dois números, dois números empilhados entre dezenas de outros. Eu, 1003, me limito a leste pelo 1005, a oeste pelo 1001, ao sul pelo Oceano Atlântico, ao norte pelo 1004, ao alto pelo 1103 e embaixo pelo 903 — que é o senhor. Todos esses números são comportados e silenciosos; apenas eu e o Oceano Atlântico fazemos algum ruído e funcionamos fora dos horários civis; nós dois, apenas, nos agitamos e bramimos ao sabor da maré, dos ventos e da lua. Prometo sinceramente adotar, depois das 22 horas, de hoje em diante, um comportamento de manso lago azul. Prometo. Quem vier à minha casa (perdão, ao meu número) será convidado a se retirar às 21:45, e explicarei: o 903 precisa repousar das 22 às 7, pois às 8:15 deve deixar o 783 para tomar o 109 que o levará até o 527 de outra rua, onde ele trabalha na sala 305. Nossa vida, vizinho, está toda numerada; e reconheço que ela só pode ser tolerável quando um número não incomoda outro número, mas o respeita, ficando dentro dos limites de seus algarismos. Peço-lhe desculpas — e prometo silêncio.

... Mas que me seja permitido sonhar com outra vida e outro mundo, em que um homem batesse à porta do outro e dissesse: "Vizinho, são três horas da manhã e ouvi música em tua casa. Aqui estou." E o outro respondesse: "Entra, vizinho, e come de meu pão e bebe de meu vinho. Aqui estamos todos a bailar e cantar, pois descobrimos que a vida é curta e a lua é bela."

E o homem trouxesse sua mulher, e os dois ficassem entre os amigos e amigas do vizinho entoando canções para agradecer a Deus o brilho das estrelas e o murmúrio da brisa nas árvores, e o dom da vida, e a amizade entre os humanos, e o amor e a paz.

Janeiro, 1953

LEMBRANÇAS

Zico Velho —

Aqui vamos pelejando neste largo verão. Escrevo com janelas e portas abertas, e a fumaça de meu cigarro sobe vertical. A única aragem é a das saudades; e por sinal que me aconteceu ontem lembrar um outro verão carioca de que nem eu nem você teremos saudade.

Cada um de nós tinha apenas um costume de casimira, e batíamos em vão as ruas do centro, a suar, procurando algum jeito de arranjar algum dinheiro; era horrível. Ainda hoje, quando passo pela esquina de Ouvidor e Gonçalves Dias me detenho um pouco, para gozar a pequena brisa que sempre sopra naquela esquina. Ali ficávamos os dois, abrindo o paletó, passando o lenço na testa: a brisa da esquina era amiga na cidade hostil. Na Avenida, olhávamos com inveja as pessoas que tomavam aquele espumoso refresco de coco da Simpatia; entrávamos em Ouvidor, parávamos um pouco na esquina e depois íamos à Colombo beber um copo de água gelada. A brisa e o copo de água da Colombo eram o nosso momento de oásis; e o copo de água traiu você!

Foi naquela porta (eu não estava nesse dia) que um sujeito da Polícia Política lhe bateu no ombro — e eu perdi por muito tempo o amigo e a sua clara gargalhada que me confortava naquele período de miséria e aflição. Escondi-me num subúrbio, depois fugi da cidade passando a barreira de "tiras" com uma carteira do Flamengo adulterada.

Essas coisas me fazem lembrar outras, também ásperas e tristes; estou num dia de lembranças ruins. Quando hoje vejo moços a falar no tédio da vida, tenho inveja: nós nunca tivemos tempo para sentir tédio. Como éramos pobres, como éramos duros! Um conterrâneo que a gente encontrava na rua e nos pagava meia dúzia de chopes na Brahma nos parecia um enviado de Deus; os chopes nos faziam alegres, e o gesto amigo nos enchia o coração; lembro-me de ter ido para casa a pé, sem 200 réis para o bonde, porque inteirara uma gorjeta de um desses enviados de Deus e rejeitara, como um príncipe, o dinheiro que ele me queria emprestar.

Sim, nós éramos estranhos príncipes; e as aflições e humilhações da miséria nunca estragaram os momentos bons que a gente podia surripiar da vida — uma boca fresca de mulher, a graça de um samba, a alegria de um banho de mar, o gosto de tomar uma cachaça pela madrugada com um bom amigo, a falar de amores e de sonhos.

Assim aprendemos a amar esta cidade; se o pobre tem aqui uma vida muito dura, e cada dia mais dura, ele sempre encontra um momento de carinho e de prazer na alma desta cidade, que é nobre e grande sobretudo pelo que ela tem de leviana, de gratuita, inconsequente, boêmia e sentimental.

Aníbal Machado, quando não tinha mais onde se esconder dos credores, passava o dia alegremente no banho de mar; e eu me lembro de uma noite em que não havia jantado e não sabia onde dormir, entrei ao acaso num botequim de Botafogo e um bêbedo desconhecido me deu um convite para um baile onde havia chope e sanduíche de graça.

Assim era esta cidade, e assim a conserve Deus, para salvar do desespero o pobre, o perseguido, o humilhado, e abençoá-lo com um instante de evasão e de sonho.

Quem lhe escreve, Zico, é um senhor quase gordo, de cabelos grisalhos; se algum rapaz melancólico ler esta correspondência entre velhos amigos, talvez ele compreenda que ainda se pode, à tardinha, ouvir as cigarras cantar nas árvores da rua; e, na boca da noite, aprender, em qualquer porta de boteco, os sambas e marchas do Carnaval que aí vem; que às vezes ainda vale a pena ver o sol nascer no mar; e que a vida poderia ser pior, se esta cidade fosse menos bela, insensata e frívola.

Janeiro, 1953

UM SONHO DE SIMPLICIDADE

Então, de repente, no meio dessa desarrumação feroz da vida urbana, dá na gente um sonho de simplicidade. Será um sonho vão? Detenho-me um instante, entre duas providências a tomar, para me fazer essa pergunta. Por que fumar tantos cigarros? Eles não me dão prazer algum; apenas me fazem falta. São uma necessidade que inventei. Por que beber uísque, por que procurar a voz de mulher na penumbra ou os amigos no bar para dizer coisas vãs, brilhar um pouco, saber intrigas?

Uma vez, entrando numa loja para comprar uma gravata, tive de repente um ataque de pudor, me surpreendendo assim, a escolher um pano colorido para amarrar ao pescoço.

A vida bem poderia ser mais simples. Precisamos de uma casa, comida, uma simples mulher, que mais? Que se possa andar limpo e não ter fome, nem sede, nem frio. Para que beber tanta coisa gelada? Antes eu tomava a água fresca da talha, e a água era boa. E quando precisava de um pouco de evasão, meu trago de cachaça.

Que restaurante ou boate me deu o prazer que tive na choupana daquele velho caboclo do Acre? A gente tinha ido pescar no rio, de noite. Puxamos a rede afundando os pés na lama, na noite escura, e isso era bom. Quando ficamos bem cansados, meio molhados, com frio, subimos a barranca, no meio do mato, e chegamos à choça de um velho seringueiro. Ele acendeu um fogo, esquentamos um pouco junto do fogo, depois me deitei numa grande rede branca — foi um carinho ao longo de todos os músculos cansados. E então ele me deu um pedaço de peixe moqueado e meia caneca de cachaça. Que prazer em comer aquele peixe, que calor bom em tomar aquela cachaça e ficar algum tempo a conversar, entre grilos e vozes distantes de animais noturnos.

Seria possível deixar essa eterna inquietação das madrugadas urbanas, inaugurar de repente uma vida de acordar bem cedo? Outro dia vi uma linda mulher, e senti um entusiasmo grande, uma vontade de conhecer mais aquela bela estrangeira: conversamos muito, essa primeira conversa longa em que a gente vai jogando um baralho meio marcado, e anda devagar, como a patrulha que faz um reconhecimento. Mas por que, para que, essa eterna curiosidade, essa fome de outros corpos e outras almas?

Mas para instaurar uma vida mais simples e sábia, então seria preciso ganhar a vida de outro jeito, não assim, nesse comércio de pequenas pilhas de palavras, esse ofício absurdo e vão de dizer coisas, dizer coisas... Seria preciso fazer algo de sólido e de singelo; tirar areia do rio, cortar lenha, lavrar a terra, algo de útil e concreto, que me fatigasse o corpo, mas deixasse a alma sossegada e limpa.

Todo mundo, com certeza, tem de repente um sonho assim. É apenas um instante. O telefone toca. Um momento! Tiramos um lápis do bolso para tomar nota de um nome, um número... Para que tomar nota? Não precisamos tomar nota de nada, precisamos apenas viver — sem nome, nem número, fortes, doces, distraídos, bons, como os bois, as mangueiras e o ribeirão.

Março, 1953

MÃE

(Crônica dedicada ao Dia das Mães, embora com o final inadequado, ainda que autêntico.)

O menino e seu amiguinho brincavam nas primeiras espumas; o pai fumava um cigarro na praia, batendo papo com um amigo. E o mundo era inocente, na manhã de sol.

Foi então que chegou a Mãe (esta crônica é modesta contribuição ao Dia das Mães), muito elegante em seu *short*, e mais ainda em seu maiô. Trouxe óculos escuros, uma esteirinha para se esticar, óleo para a pele, revista para ler, pente para se pentear — e trouxe seu coração de Mãe que imediatamente se pôs aflito, achando que o menino estava muito longe e o mar estava muito forte.

Depois de fingir três vezes não ouvir seu nome gritado pelo pai, o garoto saiu do mar resmungando, mas logo voltou a se interessar pela alegria da vida, batendo bola com o amigo. Então a Mãe começou a folhear a revista mundana — "que vestido horroroso o da Marieta neste coquetel", "que presente de casamento vamos dar à Lúcia? tem de ser uma coisa boa" — e outros pequenos assuntos sociais foram aflorados numa conversa preguiçosa. Mas de repente:

— Cadê Joãozinho?

O outro menino, interpelado, informou que Joãozinho tinha ido em casa apanhar uma bola maior.

— Meu Deus, esse menino atravessando a rua sozinho! Vai lá, João, para atravessar com ele, pelo menos na volta!

O pai (fica em minúscula; o Dia é da Mãe) achou que não era preciso:

— O menino tem OITO anos, Maria!

— OITO anos, não, oito anos, uma criança. Se todo dia morre gente grande atropelada, que dirá um menino distraído como esse!

E erguendo-se olhava os carros que passavam, todos guiados por assassinos (em potencial) de seu filhinho.

— Bem, eu vou lá só para você não ficar assustada.

Talvez a sombra do medo tivesse ganho também o coração do pai; mas quando ele se levantou e calçou a alpercata para atravessar os 20 metros de areia fofa e escaldante que o separavam da calçada, o garoto apareceu correndo alegremente com uma bola vermelha na mão, e a paz voltou a reinar sobre a face da praia.

Agora o amigo do casal estava contando pequenos escândalos de uma festa a que fora na véspera, e o casal ouvia, muito interessado — "mas a Niquinha com o coronel? não é possível!" — quando a Mãe se ergueu de repente:

— E o Joãozinho?

Os três olharam em todas as direções, sem resultado. O marido, muito calmo — "deve estar por aí" — a Mãe gradativamente nervosa — "mas por aí, onde?" — o amigo otimista, mas levemente apreensivo. Havia cinco ou seis meninos dentro da água, nenhum era o Joãozinho. Na areia havia outros. Um deles, de costas, cavava um buraco com as mãos, longe.

— Joãozinho!

O pai levantou-se, foi lá, não era. Mas conseguiu encontrar o amigo do filho e perguntou por ele.

— Não sei, eu estava catando conchas, ele estava catando comigo, depois ele sumiu.

A Mãe, que viera correndo, interpelou novamente o amigo do filho:

— Mas sumiu como? para onde? entrou na água? não sabe? mas que menino pateta! — O garoto, com cara de bobo, e assustado com o interrogatório, se afastava, mas a Mãe foi segurá-lo pelo braço: — Mas diga, menino, ele entrou no mar? como é que você não viu, você não estava com ele? hein? ele entrou no mar?

— Acho que entrou... ou então foi-se embora.

De pé, lábios trêmulos, a Mãe olhava para um lado e outro, apertando bem os olhos míopes para examinar todas as crianças em volta. Todos os meninos de oito anos se parecem na praia, com seus corpinhos queimados e suas cabecinhas castanhas. E como ela queria que cada um fosse seu filho, durante um segundo cada um daqueles meninos era o seu filho, exatamente ele, enfim — mas um gesto, um pequeno movimento de cabeça, e deixava de ser. Correu para um lado e outro.

De súbito ficou parada olhando o mar, olhando com tanto ódio e medo (lembrava-se muito bem da história acontecida dois a três anos antes: um menino estava na praia com os pais, eles se distraíram um instante, o menino estava brincando no rasinho, o mar o levou, o corpinho só apareceu cinco dias depois, aqui nesta praia mesmo!) que deu um grito para as ondas e espumas — "Joãozinho!"

Banhistas distraídos foram interrogados — se viram algum menino entrando no mar — o pai e o amigo partiram para um lado e outro da praia, a Mãe ficou ali, trêmula, nada mais existia para ela, sua casa e família, o marido, os bailes, os Nunes, tudo era ridículo e odioso, toda essa gente estúpida na praia que não sabia de seu filho, todos eram culpados — "Joãozinho!" — ela mesma não tinha mais nome nem era mulher, era um bicho ferido, trêmulo, mas terrível, traído no mais essencial de seu ser, cheia de pânico e de ódio, capaz de tudo — "Joãozinho!" — ele apareceu bem perto, trazendo na mão um sorvete que fora comprar. Ela quase jogou longe o sorvete do menino com um tapa, mandou que ele ficasse sentado ali, se saísse um passo iria ver, ia apanhar muito, menino desgraçado!

O pai e o amigo voltaram a sentar, o menino riscava a areia com o dedo grande do pé, e quando sentiu que a tempestade estava passando, fez o comentário em voz baixa, a cabeça curva, mas os olhos erguidos na direção dos pais:

— Mãe é chaaata...

Maio, 1953

A FEIRA

Passa gente vindo da feira. Agora temos uma feira aqui perto de casa. Para mim, apenas movimenta a esquina, com tantas empregadas e donas de casa carregadas de sacos e cestas de frutas, verduras e legumes. Ao poeta Drummond, que mora mais além, a feira deve incomodar, porque os grandes caminhões roncam sob a sua janela, e o vozerio dos mercadores e freguesas perturba o seu sono matinal.

O que não tem a menor importância: na atual situação do mundo, é bom que os poetas estejam vigilantes. Quanto aos cronistas, que eles durmam em paz; é melhor que se recolham e se esqueçam de fazer a crônica destes dias, em que não há nenhum exemplo nem lição. O poeta é mais adequado para ouvir as exclamações patéticas ("os tomates estão pela hora da morte") e tomar o pulso aos fatos concretos da mercancia local. Além disso, deve subir até sua janela a fragrância das verduras e de todas essas coisas nascidas na terra, ainda frescas e vivas, coloridas. É bom que ele veja as quinquilharias ingênuas, as ervas misteriosas, as pequenas, inúteis e preciosas coisas do mar e do sertão, os cavalos-marinhos e as sementes escuras. Só ele poderá entender as coisas de barro e de palha, a glória dos tomates, o espanto de pedra no olho dos peixes eviscerados, e o constrangimento amarelo desses abacaxis sem sabor que amadureceram no meio do inverno.

Passa um homem careca, sério; deve ser um velho funcionário, e tem o ar de quem discute muito nas feiras, capaz de citar o preço dos pepinos em 1921 e de lamentar, como prova de decadência espiritual do Ocidente, o atual tamanho das bananas. Sim, eram maiores as bananas de antanho. A acreditar nele, as bananas-da-terra dos tempos coloniais mediam toesas. Em todo caso, não parece ir muito triste; carrega dois sacos verdes, e de um deles sai o pedaço de uma abóbora. Gosta de abóboras, o birbante.

"Não, senhora; só em doce; assim mesmo misturado com doce de coco" — respondeu aquele menino à dramática pergunta de sua velha tia sobre se gostava de abóbora. Essa resposta foi, na época, muito comentada como grave prova de insolência e talvez desagregação moral. Não era. Era uma prova de tolerância, boa vontade, anseio de compreensão; porque a verdade terrível é que o menino não gostava mesmo de abóbora e achava que o único defeito do doce de coco era conter, às vezes, por costume de família, um pouco de abóbora. Estava, entretanto, disposto a superar as próprias convicções em benefício do bem-estar geral. Tinha o pudor de que pensassem que ele odiava abóbora; era uma criança no fundo delicada, embora tenha resultado em um homem com frequência estúpido.

A feira, não sei por quê, me leva a essas divagações infantis; vagueio com suave emoção entre cebolas de brilho metálico e couves e alfaces líricas.

Há uma grata surpresa. A mais bela, esquiva e elegante senhora da rua está pessoalmente na feira. Veio sem pintura, um vestido leve, sandálias coloridas. Demoro-me em ver sua pele, seus cabelos, seus olhos, sobre um fundo de couves e beterrabas. Sua pele tem uma frescura vegetal. Suas mãos finas seguram os legumes com um experiente carinho. Quando vai para casa, um menino conduz suas compras. Ela, porém, fez questão de levar nas mãos, como sinal de alegria e de simplicidade, uma grande couve-flor.

Agosto, 1953

A NENHUMA CHAMARÁS ALDEBARÃ

Eu vinha de não sei que tristes sonhos, nefastos pesadelos. Despertei, ansiado, no meio da noite, e olhando a escura parede senti que as imagens torvas que me povoavam os olhos ainda tontos ali vagamente se moviam. Voltei-me, então, sobre o meu flanco direito; a janela estava aberta para a noite. Era uma noite sem lua, que ciciava em árvores e murmurava em águas humildes; e uma grande estrela brilhava.

Haveria outras, esparsas e pequenas, mas aquela era tão grande e cintilava com uma estranha palpitação; era tão distante, mas brilhava tão perto e tão para mim como se fosse uma lanterna que mão amiga houvesse pendurado em minha janela para me dar alento no fundo da treva. Eu vagara tanto pelo mundo que, ao despertar, não sabia em que leito, casa, país e tempo; e mesmo tinha de recompor minha ideia para lembrar se era feliz ou infeliz. Apenas senti que estava agora voltado para o norte, e do fundo de meu coração saudei a estrela com a palavra que me veio aos lábios: Aldebarã!

Lera essa palavra em velhos, cansados livros que falam de astros e mistérios do céu; mas somente agora percebia que era uma palavra mística, feita de muitas outras, querendo dizer, em antigas secretas línguas: a Nova Esperança, a Grande Amiga, o Esquecimento das Mágoas, a Alegria da Noite.

Aldebarã, Aldebarã! — disse eu, com estranho ardor; e foi como se a sua palpitação se fizesse mais fremente e pura. Então uma voz suave me disse, e era como se a minha melancólica mãe ou, ainda mais distante, a minha irmã e madrinha me passasse a mão pelos cabelos: "Descansa, dorme em paz, Aldebarã é tua amiga; e como soubeste dizer seu nome ela é para sempre tua amiga; dorme em paz, homem da noite solitária e cruel e dos fatigados, tristes pesadelos; dorme. E se amanhã, na tua inquieta fantasia, quiseres dar esse nome a algo que ames, podes dá-lo sem remorso à égua fidalga que no galope deixa que o luar lhe beije as negras crinas, ou à mais bela flor no pélago marinho; e até podes chamar Aldebarã a uma nuvem que se doira no momento em que o céu, para o ocidente, já toma a cor da triste violeta; mas promete que nunca darás esse nome, nunca, a nenhuma filha dos homens, por mais ansioso te faça a sua beleza peregrina."

Eu disse apenas, humilde: "Prometo". E então, pela primeira vez em muitos e muitos anos de longas noites, eu pude adormecer sorrindo, porque meu coração era puro como o de um menino.

Agosto, 1953

LEMBRANÇAS

Lendo, outro dia, as reminiscências infantis de um escritor sobre a Abolição e a República fiquei a pensar nos acontecimentos políticos que me impressionaram no começo da vida. Lembro-me (tinha 5 anos) de estar no caramanchão de minha casa quando alguém disse que o Brasil tinha ganho a guerra da Alemanha. Não me recordo de ter ouvido falar dessa guerra antes. A primeira notícia que dela tive foi essa da vitória: fiquei contente na hora, mas creio que não pensei mais no assunto.

O que muito me impressionou (9 anos) foi o Centenário da Independência; esperei com ansiedade o dia 7 de setembro. Houve grande ajuntamento na Praça Jerônimo Monteiro, com banda de música e oradores falando do coreto. Depois, a multidão, com archotes acesos, caminhou pela rua, atravessou a Ponte Municipal; do lado norte, subimos um morro onde haviam armado um grande cruzeiro. Não me lembro se houve missa ou reza, lembro-me de um discurso de um chefe político, o Sr. Fernando de Abreu. Eu estava achando bonito andar assim todo mundo no meio da noite, mas tenho a lembrança de uma certa decepção. Achei que a festa acabou cedo demais; por mim eu caminharia léguas ainda, principalmente se tivesse um archote (não me deram nenhum), depois achei a ideia de cruzeiro meio sem graça; eu esperava vagamente que aparecesse uma coisa assim como a estátua de Pedro I a cavalo, como havia no meu livro escolar. As palavras "Centenário da Independência" me faziam prever algo de mais estupendo, como se as pessoas devessem ficar maiores e brilhar, toda a terra estremecer, porque era o Centenário.

Coisa de um ano depois, outra lembrança: eu ia para a escola quando encontrei com meninos que já vinham voltando, pois não ia haver aula. Perguntei por que, e eles gritaram alegremente: Rui Barbosa morreu! Rui Barbosa morreu! Juntei-me a eles e também comecei a gritar para todo o mundo: Rui Barbosa morreu! Nunca ouvira falar de Rui Barbosa, mas na mesma hora, pela conversa de gente grande, fiquei informado de que: a) era o homem mais inteligente do Brasil, grande patriota que tinha assombrado o mundo inteiro; b) não valia nada porque tinha votado o estado de sítio e era um vendido, porque era o advogado da Light. Fiquei um tanto perplexo com estas informações e ainda mais (perplexidade alegre) por não haver aulas.

Tenho outra recordação que acredito ser dos 12 anos: o batalhão do meu colégio formou (não me lembro se ainda era anspeçada ou já chegara a terceiro-sargento, posto máximo que atingi e do qual fui logo rebaixado a cabo; acho que era cabo) e fomos à estação esperar a Força Pública do Espírito Santo que estava voltando da Revolução de São Paulo. Lembro-me de nosso orgulho em formar juntamente com soldados de verdade, que vinham da guerra e tinham ganho a guerra; muitos deles usavam barbas e todos nos pareciam heróis. Grande foi a minha estranheza quando nosso pelotão, não sei por que, ficou parado junto ao meio-fio, e ouvi a conversa de uns homens que estavam ali na calçada. Diziam que aqueles soldados tinham feito um papel muito feio em São Paulo e eram covardes e ladrões, tinham roubado muita coisa, inclusive automóveis, que certos oficiais estavam carregando para eles. Efetivamente vi alguns automóveis em um trem de carga, o que me impressionou.

Bolas! Eu preferia que Rui Barbosa fosse um grande homem para todo o mundo e a nossa Força Pública tivesse feito uma bela guerra contra Isidoro; mas nas ruas de Cachoeiro nunca faltou um espírito de contradição, algum homem do povo de palavra solta para envenenar a nossa alegria cívica e nos ensinar desconfiança. Mesmo quando injusto, esse espírito de porco ainda hoje me parece útil, e temo qualquer regime que o suprima, ou tente suprimi-lo.

Setembro, 1953

VELHAS CARTAS

"Você nunca saberá o bem que sua carta me fez..." Sinto um choque ao ler esta carta antiga que encontro em um maço de outras. Vejo a data, e então me lembro onde estava quando a recebi. Não me lembro é do que escrevi que fez tanto bem a uma pessoa. Passo os olhos por essas linhas antigas, elas dão notícias de amigos, contam uma ou outra coisa do Rio, e tenho curiosidade de ver como ela se despedia de mim. É do jeito mais simples: "A saudade de..."

Agora folheio outras cartas de amigos e amigas; são quase todas de apenas dois ou três anos atrás. Mas, como isso está longe! Sinto-me um pouco humilhado pensando como certas pessoas me eram necessárias e agora nem existiriam mais na minha lembrança se eu não encontrasse essas linhas rabiscadas em Londres ou na Suíça. "Cheguei neste instante; é a primeira coisa que faço, como prometi, escrever para você, mesmo porque durante a viagem pensei demais em você..."

Isto soa absurdo a dois anos e meio de distância. Não faço a menor ideia do paradeiro dessa mulher de letra redonda; ela, com certeza, mal se lembrará do meu nome. E esse casal, santo Deus, como era amigo: fazíamos planos de viajar juntos pela Itália; os dias que tínhamos passado juntos eram "inesquecíveis".

E esse amigo como era amigo! Entretanto, nenhum de nós dois se lembrou mais de procurar o outro.

Essa que se acusa e se desculpa de me haver maltratado — "mais pourquoi alors ai-je été si méchante... j'ai dû te blesser, pardon... oh, j'étais vraiment stupide et tu dois l'oublier... je veux te revoir...", mas eu não me lembro de mágoa nenhuma, seu nome é apenas para mim uma doçura distante.

E que terríveis negócios planejava esse meu amigo de sempre! Sem dúvida iríamos ficar ricos, o negócio era fácil e não podia falhar, ele me escrevia contente de eu ter topado com entusiasmo a ideia, achava a sugestão que eu fizera "batatal", dizia que era preciso "agir imediatamente". É extraordinário que nunca mais tenhamos falado de um negócio tão maravilhoso.

Aqui, outro amigo escreve do Rio para Paris me pedindo um artigo urgente e grande "sobre a situação atual da literatura francesa, pelo menos dez páginas, nossa revista vai sair dia 15, faça isso com urgência, estamos com quase toda a matéria pronta". Não fiz o artigo, a revista não saiu, a literatura francesa não perdeu nada com isso, a brasileira, muito menos.

As cartas mais queridas, as que eram boas ou ruins demais, eu as rasguei há muito. Não guardo um documento sequer das pessoas que mais me afligiram e mais me fizeram feliz. Ficaram apenas, dessa época, essas cartas que na ocasião tive pena de rasgar e depois não me lembrei de deitar fora. A maioria eu guardei para responder depois, e nunca o fiz. Mas também escrevi muitas cartas e nem todas tiveram resposta.

Imagino que em algum lugar do mundo há alguém que neste momento remexe, por acaso, uma gaveta qualquer, encontra uma velha carta minha, passa os olhos por curiosidade no que escrevi, hesita um instante em rasgar, e depois a devolve à gaveta com um gesto de displicência, pensando, talvez: "é mesmo, esse sujeito onde andará? Eu nem me lembrava mais dele..."

E agradeço a esse alguém por não ter rasgado a minha carta: cada um de nós morre um pouco quando alguém, na distância e no tempo, rasga alguma carta nossa, e não tem esse gesto de deixá-la em algum canto, essa carta que perdeu todo o sentido, mas que foi um instante de ternura, de tristeza, de desejo, de amizade, de vida — essa carta que não diz mais nada e apenas tem força ainda para dar uma pequena e absurda pena de rasgá-la.

Dezembro, 1953

NA FAZENDA DO FRADE

Chegamos. Para quê? A velha casa da fazenda de meu avô está quase em ruínas. A varanda caiu há muito tempo. O atual fazendeiro vive em uma casa nova, que ele construiu mais abaixo; aqui mora uma família de colonos, e a mulher me diz que tem medo da casa: nas noites de vento e chuva a família se esconde no paiol, porque parece que tudo vem abaixo.

As grandes tábuas do assoalho gemem sob meus pés. A cozinha me parece diferente. Ou será que a cozinha que eu guardava na memória era de outra fazenda, a da Boa Esperança, onde a gente costumava ir nas férias de junho? E o quarto onde eu dormia? Não sei mais qual é. Mas na sala está a grande mesa de jantar de meu avô, a grande mesa preta onde a família se juntava — me lembro da hora do almoço, os homens chegavam de cabelos suados; me lembro da hora do jantar, estava escurecendo, acendia-se um grande lampião e, ao longo dos longos bancos, corria um murmúrio — "a bênção, a bênção, Deus te abençoe, boa-noite, boa-noite, a bênção" —, era a gente se cumprimentando e se abençoando porque chegara a noite.

Na verdade não conheci meu avô materno, apenas a avó magra e sempre doente, que, entretanto, não recordo aqui, mas em nossa casa de Cachoeiro. De tudo ficou apenas a grande mesa escura.

Há nomes gravados a canivete, eu sei; vejo aqui o nome de um primo-irmão; se eu afastasse esse saco de milho talvez encontrasse também o meu; talvez tenha sumido. Olho o pequeno córrego que vem murmurando no meio do matinho (tinha sanguessugas), depois desce pelas pedras. Não me lembro de muitas árvores, me lembro muito bem daquele bambual na curva do morro, no caminho da fazenda chamada do Espírito Santo, onde nasceram meus irmãos; depois o caminho entrava na mata, era fresquinho, a gente parava o cavalo num córrego para ele beber água, ouço as patas do animal dentro da água, vejo a água escorrendo dos freios — "ruma, cavalo!" —, as patas pisavam com mais força — "bloc bloc bloc" — na água e na lama, o cavalo galgava a margem do outro lado, então a gente sentia vontade de dar um galope. De repente me assaltam essas recordações, outras recordações: tio Adrião estava brigado com meu pai...

Antes de passar o moinho de fubá ainda olho a velha casa, tão triste agora sem sua varanda; lembro as grandes tempestades de verão, as nuvens pretas se juntando em cima da pedra do Frade, túmidas de raios e trovões. Qualquer hora o casarão se abaterá para sempre, como velhas árvores já se abateram. Como o velho Coelho e todos os seus filhos homens já morreram — como seu neto, cansado e sem remorso, também pode morrer.

Dezembro, 1953

NÓS, IMPERADORES SEM BALEIAS

Foi em agosto de 1858 que correu na cidade o boato de que havia duas baleias imensas em Copacabana. Todo mundo se mandou para essa praia remota, muita gente dormiu lá em barracas, entre fogueiras acesas, e Pedro II também foi com gente de sua imperial família ver as baleias. O maior encanto da história é que não havia baleia nenhuma. Esse imperador saindo de seus paços, viajando em carruagem, subindo o morro a cavalo para ver as baleias, que eram boato, é uma coisa tão cândida, é um Brasil tão bobo e tão bom!

Pois bem. No começo da última guerra havia uns rapazes que se juntavam no Bar Vermelhinho, para beber umas coisas, ver as moças, bater papo.

Ah! — como dizia o Eça — éramos rapazes! E entre nós havia um poeta que uma tarde chegou com os olhos verdes muito abertos, atrás dos óculos, falando baixo, portador de uma notícia extraordinária: a esquadra inglesa estava ancorada na lagoa Rodrigo de Freitas!

Ah!, éramos rapazes! Visualizamos num instante aquela beleza, a esquadra amiga, democrática, evoluindo perante o Jockey Club, abençoada pelo Cristo do Corcovado entre as montanhas e o mar. Eu me ri e disse: poeta, que brincadeira, como é que a esquadra ia passar por aquele canal? Ele respondeu: pois é, isto é que é espantoso!

Em volta, as moças acreditavam. Em que as moças não acreditam? Elas não sabem geografia nem navegação, são vagas a respeito de canais, e se não acreditarem nos poetas, como poderão viver? Mas houve protestos prosaicos: não era possível! O poeta tornou-se discreto, falava cada vez mais baixo: está lá. E como as dúvidas fossem crescendo, grosseiras, ele confidenciou: quem viu foi Dona Heloísa Alberto Torres!

Ficamos um instante em silêncio. O nome de uma senhora ilustre, culta, séria e responsável era colocado no mastro-real da capitânia da esquadra do Almirante Nélson pelas mãos do poeta. E o poeta sussurrou: eu vou para lá. Então as moças também quiseram ir, e como é bom que rapazes e moças andem juntos, nós partimos todos alegremente — ah!, éramos rapazes! —, mesmo porque lá havia outro bar, no Sacopã.

Já havia o Corte do Cantagalo? Não havia o Corte do Cantagalo? A tarde era fresca e bela, não me lembro mais de nosso caminho, lembro da viagem, as moças rindo. Tudo sobre nossas cabeças de jovens era pardo, o governo era nazista, a gente lutava entre a cadeia e o medo, com fome de liberdade — e de repente a esquadra inglesa, tangida pelo poeta, na lagoa Rodrigo de Freitas! Fomos, meio bebidos, nosso carro desembocou numa rua, noutra, grande emoção — a lagoa! Estava mais bela do que nunca, levemente crespa na brisa da tarde, debaixo do céu azul de raras nuvens brancas perante as montanhas imensas.

Não havia navios. Rimos, rimos, rimos, mas o poeta, de súbito, sério, apontou: olhem lá. Céus! Na distância das águas havia um mastro, nele uma flâmula que a brisa do Brasil beijava e balançava, antes te houvessem roto na batalha que servires a um povo de mortalha! O encantamento durou um instante, e nesse instante caiu o Estado Novo, morreram Hitler e Mussolini, as prisões se abriram, raiou o sol da liberdade, — mas um desalmado restaurou a negra, assassina, ladravaz ditadura com quatro palavras: é o Clube Piraquê de mastro novo! Aquilo é o Clube, não é navio nenhum!

Então bebemos, o entardecer era lindo na beira da lagoa, as moças ficaram meigas, eu consolei a todos com a história do imperador sem baleias. O poeta Vinicius disse: nós somos imperadores sem baleias! Ah!, éramos rapazes!

Março, 1954

O POETA

Como Carlos Drummond de Andrade está em férias no *Correio da Manhã*, e sabendo que havia coisas estranhas em sua rua, para lá nos dirigimos a pé, na manhã de terça-feira.

Na verdade, a agitação era grande na rua Joaquim Nabuco; era grande, mas relativamente pacífica, pois terça é dia de feira ali. Avançamos entre mangas, tomates e abacaxis até a casa do poeta, que encontramos de busto nu, a responder cartões de boas-festas, e se queixando ardentemente do calor. (Lembramos que terça-feira, 28, o sudoeste refrigerante e quiçá chuvento só chegou ao posto 6 entre 12h30 e 12h35, conforme pudemos observar pessoalmente na praia do Arpoador.)

Estava naturalmente fatigado, pois acordara antes das 3 da madrugada, como acontece todas as terças, devido ao ruído dos caminhões que descarregam os caixotes e dos feirantes que descarregam palavrões debaixo de sua janela.

Contou-nos então o poeta (cujo novo livro, *Fazendeiro do ar*, em um volume que reúne toda sua obra anterior, José Olympio acaba de lançar, juntamente com as *Poesias completas* até agora de Manuel Bandeira, o que quer dizer que o leitor pode ter, em apenas dois volumes, a obra total dos dois maiores poetas do Brasil de hoje), contou-nos que da feira não se queixava, e quanto à falta d'água devia reconhecer que o sr. Café Filho, morador na segunda esquina à direita, é uma vítima (evidentemente voluntária) que de algum modo o consolava, mas que estava solidário com os homens e mulheres de sua rua que haviam lançado uma campanha de cartazes, telefonemas e outros protestos contra a seca. Os cartazes, nós lemos, uns plangentes — "Água, pelo amor de Deus", outros reivindicativos — "Exigimos água!", outros até gaiatos, quando não fúnebres. Ficamos sabendo, além disso, que o manobreiro esteve quase levando uma surra, pois o culpam de malícia no desviar a água para casas de outras ruas cujos moradores excedem nas gorjetas. Como todo mundo na rua montou um injetor, o poeta acabou montando também um injetor; mas exatamente porque todo mundo tem injetor o injetor não injeta nada, mesmo porque não há nada a injetar; fez construir também uma caixa maior, para agasalhar o líquido no caso de ele aparecer; e, em resumo, ao longo dos anos e das secas, o poeta, homem de posses muito moderadas, já gastara cerca de 40 mil cruzeiros (era dinheiro), além das taxas municipais, que deveriam bastar para ter uma água, que não tem.

Além disso, perde noites de sono, à espreita do momento de ligar o injetor ou a bomba, e essa insônia forçada e prosaica fatiga o homem e deprime o poeta.

Ora, sr. Alim Pedro, se é sua intenção castigar o presidente Café Filho pelo fato de havê-lo nomeado prefeito desta bagunça e por isso não lhe dá água, está bem; mas esse castigo envolve muitas outras pessoas inocentes da rua Joaquim Nabuco, inclusive um grande poeta que esta cidade deveria respeitar e honrar, e não perturbar, empobrecer, irritar e deprimir, como está fazendo.

Compre o livro de Carlos Drummond de Andrade, sr. Alim Pedro, leia-o, e, se tem alguma sensibilidade, o senhor se envergonhará de não fornecer sequer água a quem lhe oferece o ouro das nuvens, o licor dos sonhos e o diamante da mais pura poesia.

Correio da Manhã, 29 de dezembro de 1954

BUCHADA DE CARNEIRO

Um dia, quando este mundo for realmente cristão, eu acho que ninguém terá coragem de matar um carneiro. Até que já devia ser pecado matar carneirinho. Tem tanto pecado na religião, que a gente por dentro mesmo não acha, não sente que é pecado — e matar um carneiro, ato bárbaro, contra um bichinho tão inocente, a balir, a chorar, é considerado coisa honesta! Entretanto, desejar a mulher do próximo é pecado. Vamos que seja pecado avançar na mulher do próximo, telefonar com más intenções para a mulher do próximo, dançar muito apertado com a mulher do próximo — mas cobiçar, meu Deus, não devia ser pecado, porque muitas vezes é somente castigo e aflição; eu que o diga!

Mas voltemos ao carneirinho; e contemos que tio Estácio carregou o bicho dentro da caminhonete horas e horas, o tempo todo ele chorando, como se adivinhasse o fim da viagem. Tio Estácio até chegou a botar um esparadrapo tapando a boca do bichinho para ele não se lamuriar mais, porque os balidos feriam a consciência, cortavam o coração dos algozes. Mas, de esparadrapo na boca, o carneirinho ficou tão infeliz, chorando para dentro, tão desgraçado, que tio Estácio tirou o esparadrapo. E durante horas continuou aquela triste lamentação. Foi de noite que eles chegaram ao sítio. Um camarada queria amarrar o carneirinho lá fora, onde ele pudesse comer capim, tio Estácio achou que era perigoso, tem muita cobra; "aliás, ponderou, como ele vai morrer amanhã, não convém que coma hoje; assim dá menos trabalho para limpar". Vejam que bom coração é o tio Estácio!

No dia seguinte, ao romper da alva, deu-se a execução, feita com requintes de técnica. Oh, se alguma senhora me lê, pare por aqui; eu sou um repórter fiel e tenho de contar tudo. A verdade é que não assisti ao ato nefando; tio Estácio também não; o carrasco foi Argemiro; o local, afastado da casa-grande. Ficamos tomando refresco de maracujá para acalmar os nervos, procurando não pensar no que estava acontecendo naquele momento. Juro que eu ainda tinha uma vaga esperança, um sonho louco de que o crime não se concretizasse, o carneirinho talvez pudesse fugir, ou talvez na hora o braço de Argemiro tombasse...

Mas aconteceu: uma paulada rija na cabeça e depois o bichinho, ainda vivo, foi sangrado.

É horrível pensar nisso. Vamos encerrar o assunto. Na verdade não houve mais nada. Apenas D. Irene passou o dia inteiro muito ocupada, dirigindo o serviço de duas negras e ela mesma trabalhando como doida.

No dia seguinte todo mundo acordou com um ar estranho, Lula e Juca disseram que nem queriam tomar café, Mário e Manuel chegaram de longe, havia alguma coisa no ar. Pelas duas ou três horas da tarde, essa coisa que estava no ar aterrissou na mesa.

Lá atrás eu falei de religião. Pois se há alguma coisa que pode dar uma ideia de céu, de bem-aventurança, de gostosura plena — é buchada. Intestinos e vísceras mil, sangue em sarapatel, tudo se confunde junto ao pirão, esse fabuloso pirão em que a gente sente a alma celestial do carneirinho. Devo dizer que os miolos foram comidos dentro do crânio, com toda a dignidade; e aquela parte em que o carneiro prova que não é ovelha foi petiscada frita — uma delícia. Comemos, comemos, comemos, comemos; e cada vírgula quer dizer pelo menos uma cachacinha, e o ponto e vírgula pelo menos duas. O ponto-final foi um grande sono de rede. E se vocês além de tudo ainda querem saber o moral da história, direi baixinho, envergonhado e contrafeito, mas confessarei: o crime compensa.

Fevereiro, 1955

NÃO AMEIS À DISTÂNCIA!

Em uma cidade há um milhão e meio de pessoas, em outra há outros milhões; e as cidades são tão longe uma da outra que nesta é verão quando naquela é inverno. Em cada uma dessas cidades há uma pessoa; e essas pessoas tão distantes acaso pensareis que podem cultivar em segredo, como plantinha de estufa, um amor à distância?

Andam em ruas tão diferentes e passam o dia falando línguas diversas; cada uma tem em torno de si uma presença constante e inumerável de olhos, vozes, notícias. Não se telefonam mais; é tão caro e demorado e tão ruim e além disso, que se diriam? Escrevem-se. Mas uma carta leva dias para chegar; ainda que venha vibrando, cálida, cheia de sentimento, quem sabe se no momento em que é lida já não poderia ter sido escrita? A carta não diz o que a outra pessoa está sentindo, diz o que sentiu na semana passada... e as semanas passam de maneira assustadora, os domingos se precipitam mal começam as noites de sábado, as segundas retornam com veemência gritando — "outra semana!", e as quartas já têm um gosto de sexta, e o abril de de-já-hoje é mudado em agosto...

Sim, há uma frase na carta cheia de calor, cheia de luz; mas a vida presente é traiçoeira e os astrônomos não dizem que muita vez ficamos como patetas a ver uma linda estrela jurando pela sua existência — e no entanto há séculos ela se apagou na escuridão do caos, sua luz é que custou a fazer a viagem? Direis que não importa a estrela em si mesma, e sim a luz que ela nos manda; e eu vos direi: amai para entendê-las!

Ao que ama o que lhe importa não é a luz nem o som, é a própria pessoa amada mesma, o seu vero cabelo, e o vero pelo, o osso de seu joelho, sua terna e úmida presença carnal, o imediato calor; é o de hoje, o agora, o aqui — e isso não há.

Então a outra pessoa vira retratinho no bolso, borboleta perdida no ar, brisa que a testa recebe na esquina, tudo o que for eco, sombra, imagem, um pequeno fantasma, e nada mais. E a vida de todo dia vai gastando insensivelmente a outra pessoa, hoje lhe tira um modesto fio de cabelo, amanhã apenas passa a unha de leve fazendo um traço branco na sua coxa queimada pelo sol, de súbito a outra pessoa entra em *fading* um sábado inteiro, está-se gastando, perdendo seu poder emissor à distância.

Cuidai amar uma pessoa, e ao fim vosso amor é um maço de cartas e fotografias no fundo de uma gaveta que se abre cada vez menos... Não ameis à distância, não ameis, não ameis!

Setembro, 1955

OS AMIGOS NA PRAIA

Éramos três velhos amigos na praia quase deserta. O sol estava bom; e o mar, violento. Impossível nadar: as ondas rebentavam lá fora, enormes, depois avançavam sua frente de espumas e vinham se empinando outra vez, inflando, oscilantes, túmidas, azuis, para poucar de súbito na praia. Mal a gente entrava no mar a areia descaía de chofre, quase a pique, para uma bacia em que não dava pé; alguns metros além havia certamente uma plataforma de areia onde o mar estourava primeiro. Demos alguns mergulhos, apanhamos fortes lambadas de onda e nos deixamos ficar conversando na praia; o sol estava bom.

Éramos três velhos amigos e cada um estava tão à vontade junto dos outros que não tínhamos o sentimento de estar juntos, apenas estávamos ali. Talvez há dez ou quinze anos atrás tivéssemos estado os três ali, ou em algum outro lugar da praia, conversando talvez as mesmas coisas. Certamente éramos os três mais magros, nossos cabelos eram mais negros... Mas que nos importava isso agora? Cada um vivera para seu lado: às vezes um cruzara com outro em alguma cidade e então possivelmente teria perguntado pelo terceiro. Meses, talvez anos, podem haver passado sem que os três se vissem ou se escrevessem; mas aqui estamos juntos tão à vontade como se todo o tempo tivéssemos feito isso.

Falamos de duas ou três mulheres, rimos cordialmente das coisas de outros amigos ("aquela vez que o Di chegou de São Paulo"... "o Joel outro dia me telefonou de noite...") mas nossa conversa era leve e tranquila como a própria manhã, era uma conversa tão distraída como se cada um estivesse pensando em voz alta suas coisas mais simples. Às vezes ficávamos sem dizer nada, apenas sentindo o sol no corpo molhado, olhando o mar, à toa. Éramos três animais já bem maduros a entrar e sair da água muito salgada, tendo prazer em estar ao sol. Três bons animais em paz, sem malícia nem vaidade nenhuma, gozando o vago conforto de estarem vivos e estarem juntos respirando o vento limpo do mar — como três cavalos, três bois, três bichos mansos debaixo do céu azul. E tão sossegados e tão inocentes que, se Deus nos visse por acaso lá de cima, certamente murmuraria apenas — "lá estão aqueles três" — e pensaria em outra coisa.

Rio, março, 1956

AS PITANGUEIRAS D'ANTANHO

Tem seus 23 anos, e eu a conheço desde os oito ou nove, sempre assim, meio gordinha, engraçada, de cabelos ruivos. Foi criada, a bem dizer, na areia do Arpoador; nasceu e viveu em uma daquelas ruas que vão de Copacabana a Ipanema, de praia a praia. A família mudou-se quando a casa foi comprada para a construção de um edifício.

Certa vez me contou:

— Em meu quarteirão não há uma só casa de meu tempo de menina. Se eu tivesse passado anos fora do Rio e voltasse agora, acho que não acertaria nem com a minha rua. Tudo acabou: as casas, os jardins, as árvores. É como se eu não tivesse tido infância...

Falta-lhe uma base física para a saudade. Tudo o que parecia eterno sumiu.

*

Outra senhora disse então que se lembrava muito de que, quando era menina, apanhava pitangas em Copacabana; depois, já moça, colhia pitangas na Barra da Tijuca; e hoje não há mais pitangas. Disse isso com uma certa animação, e depois ficou um instante com o ar meio triste — a melancolia de não ter mais pitangas, ou, quem sabe, a saudade daquela manhã em que foi com o namorado colher pitangas.

Também em minha infância há pitangueiras de praia. Não baixinhas, em moitas, como aquelas de Cabo Frio, que o vento não deixa crescer; mas altas; e suas copas se tocavam e faziam uma sombra varada por pequenos pontos de sol. O que foi dito em um soneto lido na adolescência (acho que o soneto é de B. Lopes) onde "o sol bordava a pino, sobre a areia, um crivo de ouro num cendal de prata", o que pode ser um tanto precioso mas é lindo, mesmo a gente não sabendo o que é cendal. Nesse soneto havia um bando alegre de gente moça — esqueci as palavras, mas me lembro que as moças colhiam pitangas e os rapazes, namoradas.

E lembrei-me de meu espanto de menino quando ouvi dizer que uma família conhecida nossa, de Cachoeiro, estava querendo vender a casa.

Vender a casa... Casa, para mim, era alguma coisa que fazia parte da própria família, algo que existia desde sempre e para sempre com a mesma família. Fiz uma pergunta ingênua e alguém respondeu: "É, eles vão vender a casa porque vão-se mudar para Minas."

Fiquei quieto, mas também não entendi. Como é que uma família que mora em uma casa, em uma rua, em uma cidade, pensava eu confusamente no íntimo, pode mudar para outra? Aquilo me parecia contra a ordem natural das coisas.

Também me lembro de achar estranho que casas pudessem ser alugadas. Mas também me lembro de que a primeira vez que tive notícia da existência de edifícios de apartamentos, com umas pessoas morando em cima das outras e sem precisar subir escada porque havia elevador, achei a ideia genial, e pensei comigo mesmo: "Eu vou querer morar no último andar". Mas pensei, confesso, sem nenhuma esperança, como quem pensa em fazer uma coisa que deve ser boa mas, com certeza, a gente mesmo não vai fazer, como, por exemplo, andar de balão. Como um menino pobre pensa em ser rei.

Janeiro, 1957

AS MENINAS

Foi há muito tempo, no Mediterrâneo ou numa praia qualquer perdida na imensidão do Brasil? Apenas sei que havia sol e alguns banhistas; e apareceram duas meninas de vestidos compridos — o de uma era verde, o da outra era azul. Essas meninas estavam um pouco longe de mim; vi que a princípio apenas brincavam na espuma; depois, erguendo os vestidos até os joelhos, avançaram um pouco mais. Com certeza uma onda imprevista as molhou; elas riam muito, e agora tomavam banho de mar assim vestidas, uma de azul, outra de verde. Uma devia ter 7 anos, outra 9 ou 10; não sei quem eram, se eram irmãs; de longe eu não as via bem. Eram apenas duas meninas vestidas de cores marinhas brincando no mar; e isso era alegre e tinha uma beleza ingênua e imprevista.

Por que ressuscita dentro de mim essa imagem, essa manhã? Foi um momento apenas. Havia muita luz, e um vento. Eu estava de pé na praia. Podia ser um momento feliz, e em si mesmo talvez fosse; e aquele singelo quadro de beleza me fez bem; mas uma fina, indefinível angústia me vem misturada com essa lembrança. O vestido verde, o vestido azul, as duas meninas rindo, saltando com seus vestidos colados ao corpo, brilhando ao sol; o vento...

Eu devia estar triste quando vi as meninas, mas deixei um pouco minha tristeza para mirar com um sorriso a sua graça e a sua felicidade. Senti talvez necessidade de mostrar a alguém — "veja, aquelas duas meninas..." Mostrar à toa; ou, quem sabe, para repartir aquele instante de beleza, como quem reparte um pão, ou um cacho de uvas em sinal de estima e de simplicidade; em sinal de comunhão; ou talvez para disfarçar minha silenciosa angústia.

Não era uma angústia dolorosa; era leve, quase suave. Como se eu tivesse de repente o sentimento vivo de que aquele momento luminoso era precário e fugaz; a grossa tristeza da vida, com seu gosto de solidão, subiu um instante dentro de mim, para me lembrar que eu devia ser feliz naquele momento, pois aquele momento ia passar. Foi talvez para fixá-lo, de algum modo, que pedi a ajuda de uma pessoa amiga;

ou talvez eu quisesse dizer alguma coisa a essa pessoa e apenas lhe soubesse dizer: “veja aquelas duas meninas...”

E as meninas riam brincando no mar.

Fevereiro, 1957

MEU IDEAL SERIA ESCREVER...

Meu ideal seria escrever uma história tão engraçada que aquela moça que está doente naquela casa cinzenta quando lesse minha história no jornal risse, risse tanto que chegasse a chorar e dissesse — "ai meu Deus, que história mais engraçada!" E então a contasse para a cozinheira e telefonasse para duas ou três amigas para contar a história; e todos a quem ela contasse rissem muito e ficassem alegremente espantados de vê-la tão alegre. Ah, que minha história fosse, como um raio de sol, irresistivelmente louro, quente, vivo, em sua vida de moça reclusa, enlutada, doente. Que ela mesma ficasse admirada ouvindo o próprio riso, e depois repetisse para si própria — "mas essa história é mesmo muito engraçada!"

Que um casal que estivesse em casa mal-humorado, o marido bastante aborrecido com a mulher, a mulher bastante irritada com o marido, que esse casal também fosse atingido pela minha história. O marido a leria e começaria a rir, o que aumentaria a irritação da mulher. Mas depois que esta, apesar de sua má vontade, tomasse conhecimento da história, ela também risse muito, e ficassem os dois rindo sem poder olhar um para o outro sem rir mais; e que um, ouvindo aquele riso do outro, se lembrasse do alegre tempo de namoro, e reencontrassem os dois a alegria perdida de estarem juntos.

Que nas cadeias, nos hospitais, em todas as salas de espera a minha história chegasse — e tão fascinante de graça, tão irresistível, tão colorida e tão pura que todos limpassem seu coração com lágrimas de alegria; que o comissário do distrito, depois de ler minha história, mandasse soltar aqueles bêbados e também aquelas pobres mulheres colhidas na calçada e lhes dissesse — "por favor, se comportem, que diabo! eu não gosto de prender ninguém!" E que assim todos tratassem melhor seus empregados, seus dependentes e seus semelhantes em alegre e espontânea homenagem à minha história.

E que ela aos poucos se espalhasse pelo mundo e fosse contada de mil maneiras, e fosse atribuída a um persa, na Nigéria, a um australiano, em Dublin, a um japonês, em Chicago — mas que em todas as línguas ela guardasse a sua frescura, a sua pureza, o seu encanto surpreendente; e que no fundo de uma aldeia da China, um chinês muito pobre, muito sábio e muito velho dissesse: "Nunca ouvi uma história assim tão engraçada e tão boa em toda a minha vida; valeu a pena ter vivido até hoje para ouvi-la; essa história não pode ter sido inventada por nenhum homem, foi com certeza algum anjo tagarela que a contou aos ouvidos de um santo que dormia, e que ele pensou que já estivesse morto; sim, deve ser uma história do céu que se filtrou por acaso até nosso conhecimento; é divina".

E quando todos me perguntassem — "mas de onde é que você tirou essa história?" — eu responderia que ela não é minha, que eu a ouvi por acaso na rua, de um desconhecido que a contava a outro desconhecido, e que por sinal começara a contar assim: "Ontem ouvi um sujeito contar uma história..."

E eu esconderia completamente a humilde verdade: que eu inventei toda a minha história em um só segundo, quando pensei na tristeza daquela moça que está doente, que sempre está doente e sempre está de luto e sozinha naquela pequena casa cinzenta de meu bairro.

Julho, 1957

ÀS DUAS HORAS DA TARDE DE DOMINGO

No meio de muita aflição e tristeza houve um momento, lembras--te? Foi por acaso, foi de repente, foi roubado, e se alguém tivesse tido a mais leve suspeita então seria a ignomínia total. Mas houve um momento; e dentro desse momento houve silêncio e beleza.

Seria impossível descrever o ambiente, estranho a nós ambos; e não havia nem cantos de pássaro nem murmúrio de mar. Talvez um ruído de elevador, uma campainha tocando no interior de outro apartamento, o fragor de um bonde lá fora, sons de um rádio distante, vagas vozes — e, me lembro, havia um feixe de luz oblíquo dando no chão e na parte de baixo de uma porta, recordo vagamente a cor rósea da parede.

Serão lembranças verdadeiras? Como voltar àquele apartamento, reconstituir aquelas duas horas da tarde, lembrar a data, verificar a posição dos móveis e o ângulo de incidência do sol? Do chão ou da porta do banheiro — creio que do chão — ele iluminava teus olhos claros que me fitavam quietos. O edifício, eu sei qual é. Seria possível procurar aquele vago casal amigo que encontramos na praia aquele dia e perguntar qual o número do apartamento em que então moravam? Conseguiríamos licença do atual morador ou quem sabe penetraríamos sorrateiramente no apartamento, e então a mulher daquele vago casal nos diria aqui era o quarto, aqui o armário, a cama, além ficava o espelho...

Ah, haveria menos rumor na rua naquele tempo; menos automóveis estariam passando lá fora; mas certamente nas mesmas duas da tarde de domingo embora não haja mais bondes, haveria algum rádio ligado esperando o começo de algum jogo de futebol, e o sol entraria no mesmo ângulo pela mesma janela. Pesquisaríamos os móveis antigos, iríamos comprá-los onde estivessem hoje, decerto a antiga dona se lembra a quem os vendeu e como eram — não creio que ainda sejam seus. Lembro-me que eram móveis banais; nós os colocaríamos no mesmo lugar e disposição...

Houve um momento. Talvez a pintura da parede hoje seja diferente; creio que era rosa. Tua roupa de banho era preta, tinha alça, lembro as marcas das alças. Foi subitamente, havia várias pessoas juntas, faltou água na casa de alguém, telefonou-se para dizer que não esperassem para o almoço, houve desencontros na praia, apareceu o casal — e então, por milagre, tudo o que era contra nós, as circunstâncias, os olhares, os horários, os esquemas da vida civil, as famílias com seus rádios, suas feijoadas dominicais, os encontros de esquina, as conveniências e os medos, tudo o que nos separava subitamente falhou, o casal desculpou-se e partiu, iam almoçar com a mãe dela, a empregada sumiu, eu tinha saído e por acaso tive de voltar — na verdade eu não poderia reconstituir os detalhes tediosos e vulgares; a lembrança que ficou é de um momento em que boiamos no bojo de uma nuvem, longe da cidade e do mundo, e todos os ruídos se distanciaram e se apagaram, ainda estavas toda salgada do mar, teus olhos me miravam quietos, sérios, teus olhos sempre de menina, teus cabelos molhados, teu grande corpo de um dourado pálido.

Houve um momento, aquele momento em que a carne se faz alma; e depois, muito depois, me disseste a mesma coisa que eu sentira, aquele momento suspenso no ar como uma flor, o estranho silêncio, sim, te lembras!

E depois as coisas banais em que a vida nos tornou, os caminhos complicados que cada um teve de fazer pela vida. Mas o pior não aconteceu. Nada, ninguém nos destruiu aquele momento, nem voz nem porta batendo, nem telefone; o momento foi acaso e loucura, mas dentro dele houve um instante de serenidade pura e infinita beleza.

Ah, não me podes responder. Falo sozinho. Estás longe demais; e talvez tivesses de olhar duas vezes para reconhecer neste homem de cabelos brancos e de cara marcada pela vida aquele que fui um dia, o que te fez sofrer, e sofreu; mas quero que saibas que te vejo apenas como eras naquele momento, teu corpo ainda molhado do mar às duas horas da tarde; e milhares, milhões de relógios eternamente trabalhando contra nós nos bolsos, nos pulsos, nas paredes, todos cessaram de se mover porque naquele momento eras bela e pura como uma deusa e eras minha eternamente; eternamente. Naquele edifício daquela rua, naquele apartamento, entre aquelas paredes e aquele feixe de sol, eternamente. Além das nuvens, além dos mares, eternamente, às duas horas da tarde de domingo, eternamente.

Setembro, 1957

UMA CERTA AMERICANA

Muito me inibia o cortante nome de Hélice, minha ternura do Natal de 1944 durante a guerra, na Itália.

Hélice era como ela pronunciava e queria que eu pronunciasse o seu nome de Alice. Como era enfermeira e tinha divisas de tenente eu às vezes a chamava de *lieutenant*, o que é muito normal na vida militar, mas impossível em momentos de maior aconchego.

Falei no Natal de 1944; foi para mim um Natal especialmente triste. É verdade que recebi notícia de que o "48th Evacuation Hospital" tinha avançado para perto de nosso acantonamento. A notícia me deixou sonhador; vejam o que é um homem que ama: eu repetia com delícia: "48th Evacuation Hospital"...

Evacuation é um nome bem pouco lírico para alguém de língua portuguesa, e nem "48th" nem "Hospital" parecem muito poéticos; mas era o hospital em que trabalhava Alice, e isso me alegrava. A alegria aumentou quando um correspondente de guerra americano, acho que o Bagley, me avisou de que haveria uma festa de Natal no 48, e eu estava convidado.

Era inverno duro, a guerra estava paralisada nas trincheiras e *foxholes*, caía neve aos montes. Cheguei da frente, tomei banho, fiz a barba, limpei as botas, meti o capote, subi em um jipe, lá fui eu. No bolso do capote, por que não confessar, ia uma garrafinha de um horrível conhaque de contrabando que eu arranjara em Pistoia. A festa era em uma grande barraca de lona armada um pouco distante das outras barracas que serviam de enfermarias. Naquela escuridão branca e fria da noite de neve, era um lugar quente, iluminado, com música, onde Alice me esperava...

Não, não me esperava. Teve um "oh" de surpresa quando me viu; e como abri os braços veio a mim abrindo também seus belos braços, gritando meu nome, e dizendo votos de Feliz Natal; como, porém, me demorei um pouco no abraço e lhe beijava a face e o lóbulo da orelha esquerda com certa ânsia, murmurou alguma coisa e se afastou com um ar de mistério, me chamando de *darling*, mas me empurrando suavemente.

Havia coisa. A coisa era um coronel cirurgião louro e calvo que logo depois saía da barraca. Alice saiu atrás dele, e eu atrás dela. O homem estava sentado em um caixote de munição vazio, no escuro, os cotovelos apoiados nos joelhos e as mãos na cara. Não me viu; fiquei atrás dele enquanto Alice insistia para que ele fosse para dentro, ali estava terrivelmente frio, a neve caía em sua careca — *don't be silly, darling,* repetia ela docemente; ele murmurou coisas que eu não entendia, ela insistia para que ele entrasse, *please...*

Enfim, havia um *lieutenantcolonel* no Natal de minha *lieutenant*. A certa altura ele foi chamado a uma enfermaria, para alguma providência urgente, e eu quis raptar Alice, mas para onde, naquele descampado de neve, sem condução? Nem ela queria ir, dizia que não podia deixar a festa; tivemos um *clinch* amoroso (o que chamamos pega em português) atrás de uma barraca de material, mas emergiram da escuridão dois feridos de guerra com seus roupões *bordeaux* deixando entrever ataduras; e Alice, que estava fraquejando, repeliu-me para reconduzir os feridos a seus leitos.

O "48th Evacuation Hospital" mudou de pouso novamente e só voltei a ter notícias dela em abril do ano seguinte, no fim da guerra: Alice casara-se com o doutor tenente-coronel, por sinal um dos mais conhecidos cirurgiões de New York, e, através de um capitão brasileiro que me conhecia, me mandara um bilhete circunspectamente carinhoso participando suas núpcias e me desejava as felicidades que eu merecia.

Não merecia, com certeza; não as tive. Também, para dizer a verdade, não cheguei a ficar infeliz; guerra é guerra; apenas guardei uma lembrança um pouco amarga daquele Natal distante. Santo Deus, mais de 20 anos! Feliz Natal onde estiveres, Hélice ingrata!

Setembro, 1957

AI DE TI, COPACABANA!

1. Ai de ti, Copacabana, porque eu já fiz o sinal bem claro de que é chegada a véspera de teu dia, e tu não viste; porém minha voz te abalará até as entranhas.
2. Ai de ti, Copacabana, porque a ti chamaram Princesa do Mar, e cingiram tua fronte com uma coroa de mentiras; e deste risadas ébrias e vãs no seio da noite.
3. Já movi o mar de uma parte e de outra parte, e suas ondas tomaram o Leme e o Arpoador, e tu não viste este sinal; estás perdida e cega no meio de tuas iniquidades e de tua malícia.
4. Sem Leme, quem te governará? Foste iníqua perante o oceano, e o oceano mandará sobre ti a multidão de suas ondas.
5. Grandes são teus edifícios de cimento, e eles se postam diante do mar qual alta muralha desafiando o mar; mas eles se abaterão.
6. E os escuros peixes nadarão nas tuas ruas e a vasa fétida das marés cobrirá tua face; e o setentrião lançará as ondas sobre ti num referver de espumas qual um bando de carneiros em pânico, até morder a aba de teus morros; e todas as muralhas ruirão.
7. E os polvos habitarão os teus porões e as negras jamantas as tuas lojas de decorações; e os meros se entocarão em tuas galerias, desde Menescal até Alaska.
8. Então quem especulará sobre o metro quadrado de teu terreno? Pois na verdade não haverá terreno algum.
9. Ai daqueles que dormem em leitos de pau-marfim nas câmaras refrigeradas, e desprezam o vento e o ar do Senhor, e não obedecem à lei do verão.
10. Ai daqueles que passam em seus cadilaques buzinando alto, pois não terão tanta pressa quando virem pela frente a hora da provação.
11. Tuas donzelas se estendem na areia e passam no corpo óleos odoríferos para tostar a tez, e teus mancebos fazem das lambretas instrumentos de concupiscência.
12. Uivai, mancebos, e clamai, mocinhas, e rebolai-vos na cinza, porque já se cumpriram vossos dias, e eu vos quebrantarei.
13. Ai de ti, Copacabana, porque os badejos e as garoupas estarão nos

poços de teus elevadores, e os meninos do morro, quando for chegado o tempo das tainhas, jogarão tarrafas no Canal do Cantagalo; ou lançarão suas linhas dos altos do Babilônia.

14. E os pequenos peixes que habitam os aquários de vidro serão libertados para todo o número de suas gerações.
15. Por que rezais em vossos templos, fariseus de Copacabana, e levais flores para Iemanjá no meio da noite? Acaso eu não conheço a multidão de vossos pecados?
16. Antes de te perder eu agravarei a tua demência — ai de ti, Copacabana! Os gentios de teus morros descerão uivando sobre ti, e os canhões de teu próprio Forte se voltarão contra teu corpo, e troarão; mas a água salgada levará milênios para lavar os teus pecados de um só verão.
17. E tu, Oscar, filho de Ornstein, ouve a minha ordem: reserva para Iemanjá os mais espaçosos aposentos de teu palácio, porque ali, entre algas, ela habitará.
18. E no Petit Club os siris comerão cabeças de homens fritas na casca; e Sacha, o homem-rã, tocará piano submarino para fantasmas de mulheres silenciosas e verdes, cujos nomes passaram muitos anos nas colunas dos cronistas, no tempo em que havia colunas e havia cronistas.
19. Pois grande foi a tua vaidade, Copacabana, e fundas foram as tuas mazelas; já se incendiou o Vogue, e não viste o sinal, e já mandei tragar as areias do Leme e ainda não vês o sinal. Pois o fogo e a água te consumirão.
20. A rapina de teus mercadores e a libação de teus perdidos; e a ostentação da hetaira do Posto Cinco, em cujos diamantes se coagularam as lágrimas de mil meninas miseráveis — tudo passará.
21. Assim qual escuro alfanje a nadadeira dos imensos cações passará ao lado de tuas antenas de televisão; porém muitos peixes morrerão por se banharem no uísque falsificado de teus bares.
22. Pinta-te qual mulher pública e coloca todas as tuas joias, e aviva o verniz de tuas unhas e canta a tua última canção pecaminosa, pois em verdade é tarde para a prece; e que estremeça o teu corpo fino e cheio de máculas, desde o Edifício Olinda até a sede dos Marimbás porque eis que sobre ele vai a minha fúria, e o destruirá. Canta a tua última canção, Copacabana!

Rio, janeiro, 1958

HISTÓRIA TRISTE DE TUIM

João-de-barro é um bicho bobo que ninguém pega, embora goste de ficar perto da gente; mas de dentro daquela casa de joão-de-barro vinha uma espécie de choro, um chorinho fazendo tuim, tuim, tuim...

A casa estava num galho alto, mas um menino subiu até perto, depois com uma vara de bambu conseguiu tirar a casa sem quebrar e veio baixando até o outro menino apanhar. Dentro, naquele quartinho que fica bem escondido depois do corredor de entrada para o vento não incomodar, havia três filhotes, não de joão-de-barro, mas de tuim.

Você conhece, não? De todos esses periquitinhos que tem no Brasil, tuim é capaz de ser o menor. Tem bico redondo e rabo curto e é todo verde, mas o macho tem umas penas azuis para enfeitar. Três filhotes, um mais feio que o outro, ainda sem penas, os três chorando. O menino levou-os para casa, inventou comidinhas para eles; um morreu, outro morreu, ficou um.

Geralmente se cria em casa é casal de tuim, especialmente para se apreciar o namorinho deles. Mas aquele tuim macho foi criado sozinho e, como se diz na roça, criado no dedo. Passava o dia solto, esvoaçando em volta da casa da fazenda, comendo sementinhas de imbaúba. Se aparecia uma visita fazia-se aquela demonstração: era o menino chegar na varanda e gritar para o arvoredo: tuim, tuim, tuim! Às vezes demorava, então a visita achava que aquilo era brincadeira do menino, de repente surgia a ave, vinha certinho pousar no dedo do garoto.

Mas o pai disse: "menino, você está criando muito amor a esse bicho, quero avisar: tuim é acostumado a viver em bando. Esse bichinho se acostuma assim, toda tarde vem procurar sua gaiola para dormir, mas no dia que passar pela fazenda um bando de tuins, adeus. Ou você prende o tuim ou ele vai-se embora com os outros; mesmo ele estando preso e ouvindo o bando passar, você está arriscado a ele morrer de tristeza."

E o menino vivia de ouvido no ar, com medo de ouvir bando de tuim.

Foi de manhã, ele estava catando minhoca para pescar quando viu o bando chegar; não tinha engano: era tuim, tuim, tuim... Todos desceram ali mesmo em mangueiras, mamonas e num bambuzal, divididos em pares. E o seu? Já tinha sumido, estava no meio deles, logo depois todos sumiram para uma roça de arroz; o menino gritava com o dedinho esticado para o tuim voltar; nada.

Só parou de chorar quando o pai chegou a cavalo, soube da coisa, disse: "venha cá". E disse: "o senhor é um homem, estava avisado do que ia acontecer, portanto, não chore mais".

O menino parou de chorar, porque tinha brio, mas como doía seu coração! De repente, olhe o tuim na varanda! Foi uma alegria na casa que foi uma beleza, até o pai confessou que ele também estivera muito infeliz com o sumiço do tuim.

Houve quase um conselho de família, quando acabaram as férias: deixar o tuim, levar o tuim para São Paulo? Voltaram para a cidade com o tuim, o menino toda hora dando comidinha a ele na viagem. O pai avisou: "aqui na cidade ele não pode andar solto; é um bicho da roça e se perde, o senhor está avisado".

Aquilo encheu de medo o coração do menino. Fechava as janelas para soltar o tuim dentro de casa, andava com ele no dedo, ele voava pela sala; a mãe e a irmã não aprovavam, o tuim sujava dentro de casa.

Soltar um pouquinho no quintal não devia ser perigo, desde que ficasse perto; se ele quisesse voar para longe era só chamar, que voltava; mas uma vez não voltou.

De casa em casa, o menino foi indagando pelo tuim: "que é tuim?" perguntavam pessoas ignorantes. "Tuim?" Que raiva! Pedia licença para olhar no quintal de cada casa, perdeu a hora de almoçar e ir para a escola, foi para outra rua, para outra.

Teve uma ideia, foi ao armazém de "seu" Perrota: "tem gaiola para vender?" Disseram que tinha. "Venderam alguma gaiola hoje?" Tinham vendido uma para uma casa ali perto.

Foi lá, chorando, disse ao dono da casa: "se não prenderam o meu tuim então por que o senhor comprou gaiola hoje?"

O homem acabou confessando que tinha aparecido um periquitinho verde sim, de rabo curto, não sabia que chamava tuim. Ofereceu comprar, o filho dele gostara tanto, ia ficar desapontado quando voltasse da escola e não achasse mais o bichinho. "Não senhor, o tuim é meu, foi criado por mim." Voltou para casa com o tuim no dedo.

Pegou uma tesoura: era triste, era uma judiação, mas era preciso: cortou as asinhas; assim o bicho poderia andar solto no quintal, e nunca mais fugiria.

Depois foi lá dentro fazer uma coisa que estava precisando fazer, e, quando voltou para dar comida a seu tuim, viu só algumas penas verdes e as manchas de sangue no cimento. Subiu num caixote para olhar por cima do muro, e ainda viu o vulto de um gato ruivo que sumia.

Acabou-se a história do tuim.

Rio, setembro, 1958

BILHETE A UM CANDIDATO

"Olhe aqui, Rubem. Para ser eleito vereador, eu preciso de 3 mil votos. Só lá no Jóquei, entre tratadores, jóqueis, empregados e sócios eu tenho, no mínimo, mas no mínimo mesmo, trezentos votos certos; vamos botar mais cem na Hípica. Bem, quatrocentos. Pessoal de meu clube, o Botafogo, calculando com o máximo de pessimismo, seiscentos. Aí já estão mil.

Entre colegas de turma e de repartição contei, seguros, duzentos; vamos dizer, cem. Naquela fábrica da Gávea, você sabe, eu estou com tudo na mão, porque tenho apoio por baixo e por cima, inclusive dos comunas: pelo menos oitocentos votos certos, mas vamos dizer, quatrocentos. Já são 1.500.

Em Vila Isabel minha sogra é uma potência, porque essas coisas de igreja e caridade tudo lá é com ela. Quer saber de uma coisa? Só na Vila eu já tenho a eleição garantida, mas vamos botar: quinhentos. Aí já estão, contando miseravelmente, mas mi-se-ra-vel-men-te, 2 mil. Agora você calcule: o Tuzinho no Méier, sabe que ele é o médico dos pobres, é um sujeito que se quisesse entrar na política acabava senador só com voto da Zona Norte; e é todo meu, batata, cem por cento, vai me dar pelo menos mil votos. Você veja, poxa, que eu estou eleito sem contar mais nada, sem falar no pessoal do Cais do Porto, nem postalistas, nem professoras primárias, que só aí, só de professoras, vai ser um xuá, você sabe que minha mãe e minha tia são diretoras de Grupo. Agora bote choferes, garçons, a turma do clube de xadrez e a colônia pernambucana, sabe que meu velho é pernambucano, e sabe pernambucano como é que é!

E o Centro Filatelista? Sabe quantos filatelistas tem só no Rio de Janeiro? Mais de 4 mil! E nesse setor nem tem graça, o papai aqui está sozinho! É como diz o Gonçalves: sou o candidato do olho de boi!

E fora disso, quanta coisa! Diretor de centro espírita, tenho dois. E o eleitorado independente? E não falei no meu bairro, poxa, não falei de Copacabana, você precisa ver como é lá em casa, o telefone não para de tocar, todo mundo pedindo cédula, cédula, até sujeitos que eu não vejo há mais de dez anos. E a turma da Equitativa? O Fernandão garante que só lá tenho pelo menos trezentos votos. E o Resseguro, e o reduto do Goulart em Maria da Graça, o pessoal do Fórum... Olhe, meu filho, estou convencido de que fiz uma grande besteira: eu devia ter saído era para deputado!"

Passei uma semana sem ver o meu amigo candidato; no dia 30 de setembro, três dias antes das eleições, esbarrei com ele na avenida Nossa Senhora de Copacabana, todo vibrante, cercado de amigos; deu-me um abraço formidável e me apresentou ao pessoal: "este aqui é meu, de cabresto!"

Atulhou-me de cédulas.

Meu caro candidato:

Você deve ter notado que na 122ª Seção da Quinta Zona, onde votei, você não teve nenhum voto. Palavra de honra que eu ia votar em você; levei sua cédula no bolso. Mas você estava tão garantido que preferi ajudar outro amigo com o meu votinho. Foi o diabo. Tenho a impressão de que os outros eleitores pensaram a mesma coisa, e nessa marcha da apuração, se você chegar a trezentos votos ainda pode se consolar, que muitos outros terão muito menos do que isso. Aliás, quem também estava lá e votou logo depois de mim foi o Gonçalves dos selos.

Sabe uma coisa? Acho que esse negócio de voto secreto no fundo é uma indecência, só serve para ensinar o eleitor a mentir: a eleição é uma grande farsa, pois se o cidadão não pode assumir a responsabilidade de seu próprio voto, de sua opinião pessoal, que porcaria de República é esta?

Vou lhe dizer uma coisa com toda a franqueza: foi melhor assim. Melhor para você. Essa nossa Câmara Municipal não era mesmo lugar para um sujeito decente como você! É superdesmoralizada. Pense um pouco e me dará razão. Seu, de cabresto, o

Rubem.

Rio, outubro, 1958

OS TROVÕES DE ANTIGAMENTE

Estou dormindo no antigo quarto de meus pais; as duas janelas dão para o terreiro onde fica o imenso pé de fruta-pão, à cuja sombra cresci. O desenho de suas folhas recorta-se contra o céu; essa imagem das folhas do fruta-pão recortadas contra o céu é das mais antigas de minha infância, do tempo em que eu ainda dormia em uma pequena cama cercada de palhinha junto à janela da esquerda.

A tarde está quente. Deito-me um pouco para ler, mas deixo o livro, fico a olhar pela janela. Lá fora, uma galinha cacareja, como antigamente. E essa trovoada de verão é tão Cachoeiro, é tão minha casa em Cachoeiro! Não, não é verdade que em toda parte do mundo os trovões sejam iguais. Aqui os morros lhe dão um eco especial, que prolonga seu rumor. A altura e a posição das nuvens, do vento e dos morros que ladeiam as curvas do rio criam essa ressonância em que me reconheço menino, assustado e fascinado pela visão dos relâmpagos, esperando a chegada dos trovões e depois a chuva batendo grossa lá fora, na terra quente, invadindo a casa com seu cheiro. Diziam que São Pedro estava arrastando móveis, lavando a casa; e eu via o padroeiro de nossa terra, com suas barbas, empurrando móveis imensos, mas iguais aos de nossa casa, no assoalho do céu — certamente também feito assim, de tábuas largas. Parece que eu não acreditava na história, sabia que era apenas uma maneira de dizer, uma brincadeira, mas a imagem de São Pedro de camisolão empurrando um grande armário preto me ficou na memória.

Nossa casa era bem bonita, com varanda, caramanchão e o jardim grande ladeando a rua. Lembro-me confusamente de alguns canteiros, algumas flores e folhagens desse jardim que não existe mais; especialmente de uma grande touceira de espadas-de-são-jorge que a gente chamava apenas de "talas"; e, lá no fundo, o precioso pé de saboneteira que nos fornecia bolas pretas para o jogo de gude. Era uma grande riqueza, uma árvore tão sagrada como o fruta-pão e o cajueiro do alto do morro, árvores de nossa família, mas conhecidas por muita gente na cidade; nós também não conhecíamos os pés de carambola das Martins ou as mangueiras do Dr. Mesquita?

Sim, nossa casa era muito bonita, verde, com uma tamareira junto à varanda, mas eu invejava os que moravam do outro lado da rua, onde as casas dão fundos para o rio. Como a casa das Martins, como a casa dos Leão, que depois foi dos Medeiros, depois de nossa tia, casa com varanda fresquinha dando para o rio.

Quando começavam as chuvas a gente ia toda manhã lá no quintal deles ver até onde chegara a enchente. As águas barrentas subiam primeiro até a altura da cerca dos fundos, depois às bananeiras, vinham subindo o quintal, entravam pelo porão. Mais de uma vez, no meio da noite, o volume do rio cresceu tanto que a família defronte teve medo.

Então vinham todos dormir em nossa casa. Isso para nós era uma festa, aquela faina de arrumar camas nas salas, aquela intimidade improvisada e alegre. Parecia que as pessoas ficavam todas contentes, riam muito; como se fazia café e se tomava café tarde da noite! E às vezes o rio atravessava a rua, entrava pelo nosso porão, e me lembro que nós, os meninos, torcíamos para ele subir mais e mais. Sim, éramos a favor da enchente, ficávamos tristes de manhãzinha quando, mal saltando da cama, íamos correndo para ver que o rio baixara um palmo — aquilo era uma traição, uma fraqueza do Itapemirim. Às vezes chegava alguém a cavalo, dizia que lá para cima, pelo Castelo, tinha caído chuva muita, anunciava água nas cabeceiras, então dormíamos sonhando que a enchente ia outra vez crescer, queríamos sempre que aquela fosse a maior de todas as enchentes.

E naquelas tardes as trovoadas tinham esse mesmo ronco prolongado entre morros, diante das duas janelas do quarto de meus pais; eles trovejavam sobre nosso telhado e nosso pé de fruta-pão, os grandes, grossos trovões familiares de antigamente, os bons trovões do velho São Pedro.

Cachoeiro, dezembro, 1958

A PALAVRA

Tanto que tenho falado, tanto que tenho escrito — como não imaginar que, sem querer, feri alguém? Às vezes sinto, numa pessoa que acabo de conhecer, uma hostilidade surda, ou uma reticência de mágoas. Imprudente ofício é este, de viver em voz alta.

Às vezes, também a gente tem o consolo de saber que alguma coisa que se disse por acaso ajudou alguém a se reconciliar consigo mesmo ou com a sua vida de cada dia; a sonhar um pouco, a sentir uma vontade de fazer alguma coisa boa.

Agora sei que outro dia eu disse uma palavra que fez bem a alguém. Nunca saberei que palavra foi; deve ter sido alguma frase espontânea e distraída que eu disse com naturalidade porque senti no momento — e depois esqueci.

Tenho uma amiga que certa vez ganhou um canário, e o canário não cantava. Deram-lhe receitas para fazer o canário cantar; que falasse com ele, cantarolasse, batesse alguma coisa ao piano; que pusesse a gaiola perto quando trabalhasse em sua máquina de costura; que arranjasse para lhe fazer companhia, algum tempo, outro canário cantador; até mesmo que ligasse o rádio um pouco alto durante uma transmissão de jogo de futebol... mas o canário não cantava.

Um dia a minha amiga estava sozinha em casa, distraída, e assobiou uma pequena frase melódica de Beethoven — e o canário começou a cantar alegremente. Haveria alguma secreta ligação entre a alma do velho artista morto e o pequeno pássaro cor de ouro?

Alguma coisa que eu disse distraído — talvez palavras de algum poeta antigo — foi despertar melodias esquecidas dentro da alma de alguém. Foi como se a gente soubesse que de repente, num reino muito distante, uma princesa muito triste tivesse sorrido. E isso fizesse bem ao coração do povo; iluminasse um pouco as suas pobres choupanas e as suas remotas esperanças.

Rio, novembro, 1959

A MINHA GLÓRIA LITERÁRIA

"Quando a alma vibra, atormentada..."

Tremi de emoção ao ver essas palavras impressas. E lá estava o meu nome, que pela primeira vez eu via em letra de forma. O jornal era *O Itapemirim*, órgão oficial do Grêmio Domingos Martins, dos alunos do Colégio Pedro Palácios, de Cachoeiro de Itapemirim, estado do Espírito Santo.

O professor de Português passara uma composição: "A lágrima". Não tive dúvidas: peguei a pena e me pus a dizer coisas sublimes. Ganhei dez, e ainda por cima a composição foi publicada no jornalzinho do colégio. Não era para menos:

"Quando a alma vibra, atormentada, às pulsações de um coração amargurado pelo peso da desgraça, este, numa explosão irremediável, num desabafo sincero de infortúnios, angústias e mágoas indefiníveis, externa-se, oprimido, por uma gota de água ardente como o desejo e consoladora como a esperança; e esta pérola de amargura arrebatada pela dor ao oceano tumultuoso da alma dilacerada é a própria essência do sofrimento: é a lágrima."

É claro que eu não parava aí. Vêm, depois, outras belezas; eu chamo a lágrima de "traidora inconsciente dos segredos d'alma", descubro que ela "amolece os corações mais duros" e também (o que é mais estranho) "endurece os corações mais moles". E acabo com certo exagero dizendo que ela foi "sempre, através da História, a realizadora dos maiores empreendimentos, a salvadora miraculosa de cidades e nações, talismã encantado de vingança e crime, de brandura e perdão".

Sim, eu era um pouco exagerado; hoje não me arriscaria a afirmar tantas coisas. Mas o importante é que minha composição abafara e tanto que não faltou um colega despeitado que pusesse em dúvida a sua autoria: eu devia ter copiado aquilo de algum almanaque.

A suspeita tinha seus motivos: tímido e mau falante, meio emburrado na conversa, eu não parecia capaz de tamanha eloquência. O fato é que a suspeita não me feriu, antes me orgulhou; e a recebi com desdém, sem sequer desmentir a acusação. Veriam, eu sabia escrever coisas loucas; dispunha secretamente de um imenso estoque de "corações amargurados", "pérolas da amargura" e "talismãs encantados" para embasbacar os incréus; veriam...

Uma semana depois o professor mandou que nós todos escrevêssemos sobre a Bandeira Nacional. Foi então que — dá-lhe, Braga! — meti uma bossa que deixou todos maravilhados. Minha composição tinha poucas linhas, mas era nada menos que uma paráfrase do Padre-Nosso, que começava assim: "Bandeira nossa, que estais no céu..."

Não me lembro do resto, mas era divino. Ganhei novamente dez, e o professor fez questão de ler, ele mesmo, a minha obrinha para a classe estupefata. Essa composição não foi publicada porque *O Itapemirim* deixara de sair, mas duas meninas — glória suave! — tiraram cópias, porque acharam uma beleza.

Foi logo depois das férias de junho que o professor passou nova composição: "Amanhecer na fazenda". Ora, eu tinha passado uns quinze dias na Boa Esperança, fazenda de meu tio Cristóvão, e estava muito bem informado sobre os amanheceres da mesma. Peguei da pena e fui contando com a maior facilidade. Passarinhos, galinhas, patos, uma negra jogando milho para as galinhas e os patos, um menino tirando leite da vaca, vaca mugindo... e no fim achei que ficava bonito, para fazer *pendant* com essa vaca mugindo (assim como "consoladora como a esperança" combinara com "ardente como o desejo"), um "burro zurrando". Depois fiz parágrafo, e repeti o mesmo zurro com um advérbio de modo, para fecho de ouro:

"Um burro zurrando escandalosamente."

Foi minha desgraça. O professor disse que daquela vez o senhor Braga o havia decepcionado, não tinha levado a sério seu dever e não merecia uma nota maior do que cinco; e para mostrar como era ruim minha composição leu aquele final: "um burro zurrando escandalosamente".

Foi uma gargalhada geral dos alunos, uma gargalhada que era uma grande vaia cruel. Sorri amarelo. Minha glória literária fora por água abaixo.

Rio, janeiro, 1960

APARECEU UM CANÁRIO

Mulher, às vezes aparece alguma; vêm por desfastio ou imaginação, essas voluntárias; não voltam muitas vezes. Assusta-as, talvez, o ar tranquilo com que as recebo, e a modéstia da casa.

Passarinho, desisti de ter. É verdade, eu havia desistido de ter passarinhos; distribuí-os pelos amigos; o último a partir foi o corrupião "Pirapora", hoje em casa do escultor Pedrosa. Continuo a jogar, no telhado de minha água-furtada, pedaços de miolo de pão. Isso atrai os pardais; não gosto especialmente de pardais, mas também não gosto de miolo de pão. Uma vez ou outra aparecem alguns tico-ticos; nas tardes quentes, quando ameaça chuva, há um cruzar de andorinhas no ar, em voos rasantes sobre o telhado do vizinho. Vem também, às vezes, um casal de sanhaços; ainda esta manhã, às 5h15, ouvi canto de sanhaço lá fora; frequentam ou uma certa antena de televisão (sempre a mesma) ou o pinheiro-do-paraná que sobe, vertical, até minha varanda. Fora disso, há, como em toda parte, bem-te-vis; passam gaivotas, mais raramente urubus. Quando me lembro, mando a empregada comprar quirera de milho para as rolinhas andejas.

Mas a verdade é que um homem, para ser solteiro, não deve ter nem passarinho em casa; o melhor de ser solteiro é ter sossego quando se viaja; viajar pensando que ninguém vai enganar a gente nem também sofrer por causa da gente; viajar com o corpo e a alma, o coração tranquilo.

Pois nesse dia eu ia mesmo viajar para Belo Horizonte; tinha acabado de arrumar a mala, estava assobiando distraído, vi um passarinho pousar no telhado. Pela cor não podia ser nenhum freguês habitual; fui devagarinho espiar. Era um canário; não um desses canarinhos-da-terra que uma vez ou outra ainda aparece um, muito raro, extraviado, mas um canário estrangeiro, um *roller,* desses nascidos e criados em gaiola. Senti meu coração bater quase com tanta força como se me tivesse aparecido uma dama loura no telhado. Chamei a empregada: "Vá depressa comprar uma gaiola, e alpiste..."

Quando a empregada voltou, o canarinho já estava dentro da sala; ele e eu, com janelas e portas fechadas. Se quiserem que explique o que fiz para que ele entrasse eu não saberei. Joguei pedacinhos de miolo de pão na varanda; assobiei para dentro; aproximei-me do telhado bem devagarinho, longe do ponto em que ele estava, murmurei muito baixo: "Entra, canarinho..." Pus um pires com água ali perto. Que foi que o atraiu? Sei apenas que ele entrou; suponho que tenha ficado impressionado com meus bons modos e com a doçura de meu olhar.

Dentro da sala fechada (fazia calor, estava chegando a hora de eu ir para o aeroporto) ficamos esperando a empregada com a gaiola e o alpiste. O que fiz para que ele entrasse na gaiola também não sei; andou pousado na cabeça de Baby, a finlandesa (terracota de Ceschiatti); fiquei completamente imóvel, imaginando — quem sabe, a esta hora, em Paris ou onde andar, a linda Baby é capaz de ter tido uma ideia engraçada, por exemplo: "Se um passarinho pousasse em minha cabeça..."

Depois desceu para a estante, voou para cima do bar. Consegui colocar a gaiola (com a portinha aberta, presa por um barbante) bem perto dele, sem que ele o notasse; andei de quatro, rastejei, estalei os dedos, assobiei — venci. Quando telefonei para o táxi ele já tinha bebido água e comido alpiste, e estava tomando banho. Dias depois, quando voltei de Minas, ele estava cantando que era uma beleza.

Está cantando, neste momento. Por um anel de chumbo que tem preso à pata já o identifiquei, telefonando para a Associação dos Criadores de *Rollers*; nasceu em 1959 e seu dono mudou-se para Brasília. Naturalmente deixou-o de presente para algum amigo, que não soube tomar conta dele. (Seria o milionário assassinado da Toneleros? Um dos assaltantes carregou dois canários e depois os soltou, com medo.)

Está cantando agora mesmo; como canta macio, melodioso, variado, bonito... Agora para de cantar e fica batendo as asas de um modo um pouco estranho. Telefono para um amigo que já criou *rollers*, pergunto o que isso quer dizer. "Ele está querendo casar, homem: é a primavera..."

Casar! O verbo me espanta. Tão gracioso, tão pequenininho, e já com essas ideias!

Abano a cabeça com melancolia; acho que vou dar esse passarinho à minha irmã, de presente. É pena, eu já estava começando a gostar dele; mas quero manter nesta casa um ambiente solteiro e austero; e se for abrir exceção para uma canarinha estarei criando um precedente perigoso. Com essas coisas não se brinca. Adeus, canarinho.

Maio, 1960

NEGÓCIO DE MENINO

Tem dez anos, é filho de um amigo, e nos encontramos na praia:

— Papai me disse que o senhor tem muito passarinho...

— Só tenho três.

— Tem coleira?

— Tenho um coleirinha.

— Virado?

— Virado.

— Muito velho?

— Virado há um ano.

— Canta?

— Uma beleza.

— Manso?

— Canta no dedo.

— O senhor vende?

— Vendo.

— Quanto?

— Dez contos.

Pausa. Depois volta:

— Só tem coleira?

— Tenho um melro e um curió.

— É melro mesmo ou é vira?

— É quase do tamanho de uma graúna.

— Deixa coçar a cabeça?

— Claro. Come na mão...

— E o curió?

— É muito bom curió.

— Por quanto o senhor vende?

— Dez contos.

Pausa.

— Deixa mais barato...

— Para você, seis contos.

— Com a gaiola?

— Sem a gaiola.

Pausa.

— E o melro?

— O melro eu não vendo.

— Como se chama?

— Brigitte.

— Uai, é fêmea?

— Não. Foi a empregada que botou o nome. Quando ela fala com ele, ele se arrepia todo, fica todo despenteado, então ela diz que é Brigitte.

Pausa.

— O coleira o senhor também deixa por seis contos?

— Deixo por oito contos.

— Com a gaiola?

— Sem a gaiola.

Longa pausa. Hesitação. A irmãzinha o chama de dentro da água. E, antes de sair correndo, propõe, sem me encarar:

— O senhor não me dá um passarinho de presente, não?

Março, 1964

MEU PROFESSOR BANDEIRA

Pela volta dos 15 anos, o poeta de quem eu mais gostava era mesmo Olavo Bilac. Lembro-me de ler seus versos sozinho no Campo de São Bento, em Niterói. Eu tivera de deixar o ginásio lá de Cachoeiro, no meio do 5º ano, devido a um incidente com um professor. Vim terminá-lo no Salesiano de Santa Rosa, e morava na rua Lopes Trovão, em Icaraí, na casa de uma família aparentada à minha, os Paraíso.

Não tinha amigos de minha idade: apenas companheiros de escola e outros de praia; com estes nadei muitas vezes de Icaraí até o fim da praia das Flechas, passando por fora de Itapuca. Tinha até um sujeito que queria me levar para sócio atlético do Clube Icaraí; naquele tempo havia a prova de travessia da Guanabara a nado, e ele fazia fé em mim; mas foi aí que veio uma sinusite gravíssima e me atrapalhou a vida.

Bem, mas não estou escrevendo para contar vantagem de nadador; falava de Bilac. Seu livro era como um amigo íntimo que me fazia confissões e ouvia as minhas. Até hoje guardo uma terna lembrança de seus versos, e sempre me dói ouvir falar dele com pouco caso, como faz o Paulo Mendes Campos; acho um desaforo...

Pois logo depois de Bilac, o poeta que me empolgou foi Manuel Bandeira. Não sei como me caiu nas mãos *Libertinagem*; acho que foi meu irmão Newton quem me deu, em 1930 ou 1931. Logo depois arranjei *Poesias*, que reunia os três livros anteriores do poeta. Minha adesão a Bandeira foi imediata e completa. Ele me ajudou não apenas a namorar minhas namoradas e me conformar com o desprezo de outras, como a suportar rudes golpes afetivos que sofri, com a morte de pessoas queridas. Os versos de Bandeira passaram a fazer parte de minha vida íntima, ficaram ligados a momentos, pessoas, emoções; até hoje.

Lembro-me da surpresa e vaidade que senti, quando, um pouco mais tarde, fazia crônicas para um jornal de Belo Horizonte, e me contaram que várias pessoas pensavam que Rubem Braga era pseudônimo de Manuel Bandeira. É que na verdade sofri uma grande influência de Manuel; não de suas crônicas, pois estas eu não conhecia então, mas de seus poemas. A linguagem limpa e ao mesmo tempo familiar, às vezes popular, de muitos de seus poemas, influiu em minha modesta prosa. E da melhor maneira: no sentido da clareza, da simplicidade, e de uma espécie de franqueza tranquila de quem não se enfeita nem faz pose para aparecer diante do público. Acho que nenhum prosador teve influência maior em minha escrita do que o poeta Manuel.

Sim, muita coisa ele me ensinou. Só não me ensinou o milagre de sua condensação lírica e musical, o pulo de gato da poesia; mas também um escrevedor de jornal e revista não precisava saber tanto...

Diário de Notícias, 23 de setembro de 1967

RECADO DE PRIMAVERA

Meu caro Vinicius de Moraes:

Escrevo-lhe aqui de Ipanema para lhe dar uma notícia grave: A primavera chegou. Você partiu antes. É a primeira primavera, de 1913 para cá, sem a sua participação. Seu nome virou placa de rua; e nessa rua, que tem seu nome na placa, vi ontem três garotas de Ipanema que usavam minissaias. Parece que a moda voltou nesta primavera — acho que você aprovaria. O mar anda virado; houve uma lestada muito forte, depois veio um sudoeste com chuva e frio. E daqui de minha casa vejo uma vaga de espuma galgar o costão sul da ilha das Palmas. São violências primaveris.

O sinal mais humilde da chegada da primavera vi aqui junto de minha varanda. Um tico-tico com uma folhinha seca de capim no bico. Ele está fazendo ninho numa touceira de samambaia, debaixo da pitangueira. Pouco depois vi que se aproximava, muito matreiro, um pássaro-preto, desses que chamam de chopim. Não trazia nada no bico; vinha apenas fiscalizar, saber se o outro já havia arrumado o ninho para ele pôr seus ovos.

Isto é uma história tão antiga que parece que só podia acontecer lá no fundo da roça, talvez no tempo do Império. Pois está acontecendo aqui em Ipanema, em minha casa, poeta. Acontecendo como a primavera. Estive em Blumenau, onde há moitas de azaleias e manacás em flor; e em cada mocinha loira, uma esperança de Vera Fischer. Agora vou ao Maranhão, reino de Ferreira Gullar, cuja poesia você tanto amava, e que fez cinquenta anos. O tempo vai passando, poeta. Chega a primavera nesta Ipanema, toda cheia de sua música e de seus versos. Eu ainda vou ficando um pouco por aqui — a vigiar, em seu nome, as ondas, os tico-ticos e as moças em flor. Adeus.

Setembro, 1980

FAÇO QUESTÃO DO CÓRREGO

Moça me telefona dizendo que tem de escrever um trabalho sobre crônicas e cronistas e me pede umas ideias. Estou fraco de ideias no momento. Ela insiste; quer saber, por exemplo, alguma coisa sobre a posição do cronista dentro da imprensa. A imagem que me acode é prosaica demais para que eu a transmita à moça. Dentro da engrenagem do jornal ou da revista moderna, o cronista é um marginal; é como um homem de carrinho de mão, um "burro-sem-rabo" dentro de uma empresa de transportes.

Assim pelo menos me sinto eu, com esta minha velha alma galega, quando me ponho a trabalhar. Às vezes a gente parece que finge que trabalha; o leitor lê a crônica e no fim chega à conclusão de que não temos assunto. Erro dele. Quando não tenho nenhum frete a fazer, sempre carrego alguma coisa, que é o peso de minha alma; e olhem lá que não é pouco. O leitor pensa que troto com meu carrinho vazio; e eu mesmo disfarço um pouco assobiando; mas no fim da crônica estou cansado do mesmo jeito.

A grande vantagem do leitor é que ele pode largar a crônica no meio, ou no começo, e eu tenho de ir tocando com ela, mesmo sentindo que estou falando sozinho. Ouço, em imaginação, o bocejo do leitor, e sinto que ele me põe de lado e vai ler outra coisa, ou nada. Que me importa: tenho de escrever, vivo disso. Mal. Está claro que não vou fazer queixas, e pode ser que me paguem mais do que mereço; em todo caso é sempre menos do que careço. Nós, da imprensa, devíamos fazer como o pessoal da televisão: arranjar um patrocinador. Não há por aí um fabricante de pílulas que queira patrocinar um cronista sentimental? O leitor acabaria não lendo as crônicas, mas sempre engoliria as pílulas.

A esta altura vocês já devem estar desconfiados de que hoje não estou nada bom. E têm razão: confesso humildemente que estou com a chamada cachorra. A expressão é antiga, e não é bonita; mas eu é que não vou procurar outra. Ouço a cachorra uivar dentro de mim; e nem posso mais consultar o Prudente de Morais Neto, que é autor de um poema sobre o assunto. Falar nisso, um amigo me disse que certa vez encontrou o Prudentinho com seu guarda-chuva na rua da Candelária. Ficava-lhe bem, ao Prudente, a rua da Candelária. Calhava a moldura ao homem, que era um paisano arciprestal.

Mas por que dão nomes de homens às ruas, e não nomes de ruas aos homens? Eu acho que daria uma travessa triste, mas movimentada, como aquelas perto do Mercado; ou então uma rua qualquer de subúrbio, meio calçada, meio descalça, que começa num botequim e acaba num capinzal, e tem um córrego do lado.

Faço questão do córrego.

Maio, 1987

VIVER SEM MARIANA É IMPOSSÍVEL

Foi o timbre especial de uma voz, entre tantas. Voltei devagar a cabeça, enquanto o amigo me falava, e procurei, sem saber por que, localizar a dona daquela voz. Mas o amigo contava uma coisa interessante, e minha atenção voltou para ele. Só, alguns instantes depois, ouvindo, entre vozes de homem, uma risada clara de mulher, é que um nome me cruzou a cabeça como um relâmpago e me ergui da cadeira: Mariana!

Ela hesitou um instante, e quando meu nome saiu de sua boca nós já estávamos de pé, e abraçados. Pobre é a vida de um homem; mas é estranho como ele desperdiça riquezas, e nem se lembra mais. Se, passados tantos anos, eu tivesse ido encontrá-la sabendo que iria vê-la, e ela também esperasse me rever, talvez não houvesse essa explosão de carinho tão intensa, que parecíamos, entre os outros que nos olhavam surpresos, dois amantes que tivessem passado anos ansiando um pelo outro, e se buscando em vão. Não sei se ela sentiu, depois daquela efusão tão grande, a mesma estranheza que eu — se lhe acudiu subitamente a ideia de que antes não éramos tão amigos assim, e não achou estranha a imensa alegria do encontro. Nesse acaso dos encontros do mundo, que mistério é esse que faz se verem frias duas pessoas que se deixaram com muito carinho, e torna contrafeitos amigos de infância, mas também dá esse choque de prazer em velhos conhecidos escassamente cordiais? Ela estava bonita, talvez mais bonita que antes, mais dona de sua beleza. Há adolescentes e até moças que parecem não ser donas das próprias pernas, ou cujos olhos parecem um acaso, ou são inconscientes de seus ombros. Nelas a beleza parece um acidente, a que são, no fundo, estranhas; aconteceram-lhe aqueles ombros. Sabem apenas que são bonitas, mas não tomaram posse de si mesmas, são um fato demasiado recente e ainda instável, como um pássaro que se balança em um galho florido. Nessa mulher madura, a beleza está morando, a beleza não é um acidente fortuito, é sua maneira de ser.

Ela conta suas histórias, eu conto as minhas, mas toda essa multidão de pessoas e fatos que houve durante esse tempo em que não nos vimos tem apenas um sentido vago. Como se a gente entrasse num cinema para ver um filme qualquer e saísse, e então aquelas peripécias de amarguras e alegrias que iam nos interessando de minuto a minuto perdessem todo o sentido, nós dois tornando à rua da realidade. A realidade somos nós dois, amigos felizes de nos encontrarmos. E seu movimento de cabeça, o gesto de sua mão ao segurar a minha que lhe apresenta fogo para o cigarro, o timbre de sua voz longamente extraviado, mas nunca perdido em minha lembrança — tudo é um belo reino que de repente recuperei. Somos subitamente ricos um do outro, e conscientes dessa riqueza afetiva, com uma extraordinária pureza.

Quando saímos, e me atraso um momento, e a vejo assim de corpo inteiro, andando, firme e suave na sua beleza, sigo-a um pouco mais devagar, para durante mais um instante ter o prazer de revê-la dos pés à cabeça, antes de lhe segurar o braço de velha amiga e lhe dizer, com uma franqueza instantânea que a faz rir: "Mariana, eu acho impossível uma pessoa viver sem você." E ela ri e agradece — pois já estamos na idade de poder dizer e ouvir, sem ilusões, as mais simples, e belas, e graves tolices.

Agosto, 1989

ORIGEM DAS CRÔNICAS

O conde e o passarinho

* "Sentimento do mar".

Morro do Isolamento

* "Almoço mineiro" e "Mar".

Um pé de milho

* "Aula de inglês", "Passeio à infância", "A companhia dos amigos" e "Um pé de milho".

O homem rouco

* "Biribuva", "Histórias de Zig", "A visita do casal" e "Nascem varões".

A borboleta amarela

* "Os jornais", "Manifesto", "Os amantes" e "A borboleta amarela".

Ai de ti, Copacabana!

* "Os amigos na praia", "Ai de ti, Copacabana!", "História triste de tuim", "Bilhete a um candidato", "Os trovões de antigamente", "A palavra" e "A minha glória literária".

A traição das elegantes

* "Conversa de compra de passarinho", "Os embrulhos do Rio", "O mato", "Um sonho de simplicidade", "A nenhuma chamarás Aldebarã", "Lembranças" (p. 75-76), "Velhas cartas", "Na fazenda do frade", "Nós, imperadores sem baleias", "Não ameis à distância!", "As pitangueiras d'antanho", "As meninas", "Meu ideal seria escrever", "Às duas horas da tarde de domingo", "Uma certa americana", "Apareceu um canário" e "Negócio de menino".

Recado de primavera

* "Recado de primavera".

O verão e as mulheres

* "Homem no mar", "Recado ao senhor 903", "Lembranças" (p. 64-65), "Mãe", "A Feira" e "Buchada de carneiro".

As boas coisas da vida

* "Faço questão do córrego".

Um cartão de Paris

* "Viver sem Mariana é impossível".

O poeta e outras crônicas de literatura e vida

* "O poeta" e "Meu professor Bandeira".

SOBRE O AUTOR

Rubem Braga nasceu em 12 de janeiro de 1913, em Cachoeiro de Itapemirim, no Espírito Santo, e passou a dedicar-se precocemente ao jornalismo, em 1928, no *Correio do Sul*, fundado por seus irmãos. Apesar de graduado em Direito, nunca exerceu a profissão e dedicou-se por toda a vida ao jornalismo e à crônica, passando por diversos jornais brasileiros. Atuou também como embaixador no Marrocos, chefe do Escritório Comercial do Brasil no Chile, editor, contista e poeta, experiências que influenciaram suas crônicas, além de ter sido correspondente do *Diário Carioca* durante a Segunda Guerra Mundial.

Considerado um dos mais importantes escritores e expoente máximo da crônica no Brasil, Rubem Braga publicou seu primeiro livro, *O conde e o passarinho*, em 1936. A este seguiram-se diversos outros títulos que lhe garantiram prestígio incomum junto ao público leitor e à crítica ao longo das últimas décadas. Obras como *Ai de ti, Copacabana!* alçaram a crônica, gênero comumente considerado "menor", a um patamar jamais alcançado na literatura brasileira.

Após muitas viagens e residências, Rubem Braga se instalou definitivamente no Rio de Janeiro, onde sua casa se tornou famoso ponto de encontro da intelectualidade carioca. Faleceu em 19 de dezembro de 1990 e suas cinzas foram jogadas no rio Itapemirim.

SOBRE O SELECIONADOR

Gustavo Henrique Tuna nasceu em Campinas, São Paulo, em 1977. É doutor em História Social pela Universidade de São Paulo e mestre em História Cultural pela Universidade Estadual de Campinas, onde defendeu em 2003 a dissertação *Viagens e viajantes em Gilberto Freyre*. É autor de *Gilberto Freyre: entre tradição e ruptura* (São Paulo: Cone Sul, 2000), premiado na categoria Ensaio do III Festival Universitário de Literatura, promovido pela Xerox do Brasil e pela revista Livro Aberto.

Também é autor das notas ao livro autobiográfico de Gilberto Freyre *De menino a homem* (São Paulo: Global, 2010), vencedor na categoria Biografia do Prêmio Jabuti 2011. É sua a seleção de textos de dois livros de Rubem Braga: *O poeta e outras crônicas de literatura e vida* (vencedor na categoria Crônica do Prêmio Jabuti 2018) e *Dois pinheiros e o mar e outras crônicas sobre meio ambiente* (com ilustrações de Dave Santana), ambos publicados pela Global Editora.

Atualmente é responsável, como gerente editorial, pelas obras de Gilberto Freyre publicadas pela Global Editora, tendo revisado as notas bibliográficas e elaborado os índices remissivos e onomásticos de cinco livros publicados pela mesma editora: *Casa-grande & senzala, Sobrados e mucambos, Ordem e progresso, Nordeste* e *Insurgências e ressurgências atuais.*

Impressão e Acabamento:
EXPRESSÃO & ARTE
EDITORA E GRÁFICA
www.graficaexpressaoearte.com.br